takahashi gen'ichirō

高橋源一郎

ゴヂラ

Kodansha Bungei bunko

ゴヂラ

この作品を世界の全ての苦悩する詩人たち（藤井貞和等）に捧げる

序章　幸福の黄色いハンカチ

朝起きると、男はニンニク臭いゲップを一つかました。枕元の時計は7時8分を指していた。すぐ横で、とてつもなく醜い女が鼾をかいていた。

おい、こりゃなんだ？　この怪物は？　宇宙からの侵略者か？　それとも、おれはいまフレディの悪夢の中にいるのかな？

もちろん、それは夢ではなく現実で、その女というのは彼の妻だった。こりゃあ、夢よりひどいぜ。

男はあきらめてトイレへ行った。そして、小便をした。

小便がチョロチョロ流れた。出が悪かった。だが、キレはもっと悪かった。男は最後の一しずくまで出たのを確認し、なおかつ十数秒待って、根元の方からゆっくりとしごいていった。ほらね。こういう具合にやっとかないと、後でパンツを濡らしちまうんだ。男はパンツを上げ、トイレを出た。なにか生暖かいものが尿道の方からゆっくりと滲みだし、あっという間にパンツとパジャマのズボンを濡らした。

男は絶望のあまりうめき声をあげた。

もうっ！　なんで、こうなんの！

男は寝室に戻り、箪笥の中から新しいパンツを出した。湿ったやつは洗濯機の中に放りこんだ。なんだか、別のパンツが先に入ってたような気がした。まっ、いいか。

娘にまた「ったく、おやじぃ！　汚いパンツ、あたしのといっしょにすんなよ、バカ！」とかなんとかいわれるに違いない。

それとも、ただ睨みつけられるだけか。

どっちにせよ、神なんかいないのだ。ちょっと、おおげさかなあ。まあ、いいや。それぐらい男は絶望していたのだ。

男は歯を磨き、顔を洗い、台所に行った。台所のテーブルで知らない男が座って朝刊を読んでいた。

「よお、ジャック」その見知らぬ男は朝刊を広げたまま いった。

一面にはブッシュ大統領の写真が写っていた。それから、タナカマキコの写真とコイズミジュンイチロウの写真。他になんかいい写真はなかったのか。おれなら、一面には、乙葉の写真を使うんだが。Fカップの90。だれが朝からブッシュやコイズミの顔を見たがるっての？　おれにいわせりゃ、営業努力が足りんのだ。

男は黙って冷蔵庫を開け、昨日会社の帰りに「セブン−イレブン」で買った二段ノリ弁当を取り出してレンジに入れた。チン。

「どうして、ガツンと一発食らわさないんだ？」見知らぬ男がいった。男は黒っぽいスーツに白いワイシャツを着て、胸には赤いバラをさしていた。

「ガツン？　だれを？」

「あの2階にいる太った生物だよ。あれ、あんたのかあちゃんだろ？」

「んだよ」

「亭主が会社に行こうってのに、朝飯もつくらない。起きてすらこない。おれなら、撃ち殺しちまうがね」

男は二段ノリ弁当をレンジから取り出し、蓋をとった。食べた。外側は熱いのに、ご飯の中は冷たかった。くそ、やっぱり2分40秒は必要なのか。

「ジャック、ガツンとやってやれ。この家の主人はだれか、みんなを養っているのはだれか。そいつを証明してやれ。威厳とはなにか、見せつけてやるんだ」

「そういうけどね、あんた。知らないだろうが、うちのかあちゃん、むちゃくちゃおっかないんだよ。そんなことしたら、おれの方がガツンとやられちまう」

ところで、こいつ、だれなんだ？　男は頭をひねった。娘のボーイフレンドか？　それにしちゃ、齢をとりすぎてる。どう見ても、50歳ぐらいだし。おれとたいして変わらん。

髭に白髪は混じってるし、目尻の皺も隠せない。男は弁当を食いながら、その見知らぬ男の顔をジロジロ眺めた。

「おい」

「おれのことかい」

「他にだれかいるか？」

「そうだな。で、なに？」

「おれはジャ、ジャ、ジャックじゃないよ」

「知ってる」

「それならいいけど」

男は弁当に戻った。二段目はノリだけだった。怒りがこみ上げてきた。オカカはどうした。影も形もありゃしない。こんなもの、二段ノリ弁当とは呼べないじゃないか。しばらくして冷静に戻ると、男はもう一度その見知らぬ男を見つめた。

「ジャック、気色悪いから、そんな目で見んなよ」

「わかった」

なにかが閃いた。バチッ！　男は食器戸棚の引出しの中から札入れを引っ張りだした。そして、1000円札とその正体不明の男を交互に眺めた。

「あんた」

「なに？」

「この札の肖像に似てるっていわれない？」

「いわれるよ、本人だもん」

なんだ夏目漱石か。よかった。娘のボーイフレンドだった日にゃあ、どう対応していいかわからん。

ちわっす、アイさんと交際させていただいてます。あっそう。キーちゃん、オヤジなんかほっときなよ。そうはいかねえよ、いちおう泊まったんだから挨拶しとかなきゃ。きみ、いくつかね。19ですけど。学校は？　とっくにやめて、いまプーやってますけど。プー？　なんだね、そりゃあ。プータローよお、もう、他人がなにやっててもいいじゃん。そうはいかん、いかんぞ、アイ。おまえはなんだ？　16で高校生じゃないか。男を泊めるのはかまわん。いや、かまわんことはないけど、この際それはおいておこう。しかしな、大きな声を出すんじゃない！　おまえの部屋はおとうさんの部屋の真上だぞ。知ってるだろ！　ええ？　わざとやってんのか？「ハニー、ハニー、すっごい！　そこ、すっごく、いい！」だと？　バカでかい声出しやがって。おまけに、ギシギシガタガタ、一晩中天井が揺れるもんだから、とうさん、寝られんじゃないか！　ドスケベ！　娘がエッチしてるところ盗み聞きしやがって！　チョー不潔！　なんだとお？　親に向かってなんて口のきき方しやがるんだ！　眉毛はどうした？　なぜ、剃るんだ？　もう二度と生えて来ないんだぞ。眉毛を剃るんだったら、ついでにお歯黒にしろ！

　いかんいかん。朝からこんなことで興奮しちゃいかん。男はそう思った。ゲット・クール。落ちつけ、ジャック。あっ、おれ、ジャックじゃないんだけどね。とにかく。これから会社に行かなきゃならんのだ。入社して23年。定年まで15年か。もう半分以上過ぎたわけだ。人生は長いっていうけど、ほんとかな。会社も半分以上、人生も半分以上過ぎちまった。たぶん、ツキなんかほとんど使っちゃったんじゃないか。やれやれ。時々、ずっとすることがある。夜中に目が覚めて心底こわくなる時が。自分の人生について考えちまう。どうみても間違ってるとしか思えん。とてつもない失敗だったのかもしれん。このままでいいのか？　しかしね。だからといって、どうすりゃあいいっていうんだ？　その点をみんなどう考えてるのかね。

　男は立ち上がると、寝室に戻った。怪物が鼾をかいていた。ゴルゴーンより恐ろしい怪物だ。男はそう思った。だってさ、ゴルゴーンを見ると石みたいに固くなっちゃうんだろ。こいつを見ると、石より固くなってたやつもフニャフニャになっちまうものな。とにかく、おれはこいつを征伐しなきゃならん。神話じゃそうなってるらしい。

「こら、起きろ！　起きろってんだ！　起きて、我がために温かき朝食を作れかし！」

　おれは耳をギュっと摑まれた。アキレスは踵に弱点があったが、おれは耳に弱点がある。目と鼻とあそこもだが。あっ、それから頭も。

「い、痛い！　痛いよ、かあちゃん、なにすんだよ。乱暴は止めて！」

「あたしに向かって『温かき朝食を作れかし』だって？　寝ぼけてんじゃないよ。この家のローンの頭金はだれが出したの？　あたしの実家だろ？」

「すまん。悪い。出来心です。ほんと。つい、夏目漱石がそそのかすもんだからね」

「夏目漱石って？」

「だから、さっき夏目漱石にね、亭主の威厳を見せろっていわれたもんだから」

「あっそう。その人はどこ？」

「台所で新聞読んでる」

男は耳を摑まれたまま、台所へ連れていかれた。台所にはだれもいなかった。

「あんた、夏目漱石は？」

「さあ」

ゴルゴーンはおれの耳を思いきりひねりあげてから寝室へ戻っていった。おれは自分の耳を触った。まだあるみたい。ということは、おれにもまだ幸運は残ってるらしい。おれは。今晩帰宅してからのことを考えた。おそろしい。考えると震えてきちゃうぜ。今日はなるたけ遅く帰ろう。しかし、帰りが遅くなるほど、ゴルゴーンの機嫌が損なわれる。進退きわまったね。

トイレのドアが開いて、中から夏目漱石が出てきた。脇に新聞をはさんでいる。

「あんた、トイレに行ってたのかよ！」

「ああ、下痢気味なんだ。ガツンとやった？」

「まあね」

男は曖昧に返事をした。

夏目漱石は胸ポケットから写真を取り出して、男の前に置いた。

「こいつを知らねえか。もし見かけたら、電話してほしいんだが」

「見たことあるような気もするけど。こいつ、なかなか威厳があるじゃないか」

「あるように見えるだけさ」

「頭もよさそうに見える」

「単なるアホだね」

男は写真を眺めた。見たことがある。絶対に。なんだか、祖父さんに似てるな。東北帝大の工学部金属工学科を一番で卒業した祖父さんに。祖父さんはおれによく似ていたそうだ。だから、おれはちっちゃい頃から「まあ、お祖父様にそっくり」といわれてた。でもな、頭の中身の方は似なかったみたい。

バチバチ。また、なにかが閃いた。時々、この閃きをなにかに生かせることができたんじゃないかと思う。思うだけだが。なんだ、これ、よくある森鷗外の写真じゃないか。

男は顔を上げた。だれもいなかった。

また だ！　また、消えちゃった！

男はトイレの中を捜した。それから、冷蔵庫の中とレンジの中。足ふきマットの下まで。男は娘の部屋のドアをノックした。

「あのなあ、お前の部屋に男が来てない？」

「クソオヤジ！」娘の声がした。

「誤解してるんじゃない？　お前が男をひっぱりこんだっていってるんじゃない。黒いスーツを着て胸に赤いバラをつけた人がいま家にいるみたいなんだ。で、お前、知ってるんじゃないかと思って」

「うるせえ！　死ね、バカ！」

「ところで、学校へ行かないのか？」

「ドアホ！　頭いてえんだよ！　ほっとけ、クソジジイ！」

男は石神井公園駅のホームで、池袋行き、7時53分の急行を待っていた。この電車の一番先頭の車両の前から三つ目の左のドアの傍にはいつも同じ女子高生が乗ってる。茶髪でミニスカートで眉毛を描いている。しかし、おれの娘とはだいぶ違う。そういうのをチョー可愛いとかいうんじゃないだろうか。そんな感じ。49分の通勤急行だと二両目のいちばん前の右のドアの傍にいる女子高生もいい。こいつはおっぱいが大きいんだな。マジで。

いったいなにを食ってあんなになったんだか。８時05分の通勤急行だと、三両目のいちばん後ろに座ってる女子大生がいいんだ。ありゃあ、たぶん江古田の日芸へ通ってるんだな。こいつはすごい。あのバスト、１メートル５センチはあると思うね。なのに、いつもぴちぴちのTシャツばかり着てやがる。なにを考えてんだ！　健全なサラリーマンを苦しめるのがそんなに面白いのか！　アグネス・チャンはバストが大きすぎて、アイドルをやってた時は晒をまいてたっていうぞ。それぐらいの心遣いはないのか！

電車が入ってきた。ドアが開いて、男は電車に乗った。正確にいうと、男は人波と共に電車に吸いこまれた。痛い！　痛い！　こら、押すんじゃない！　男は思わずニッコリした。例の女子高生が乗っていたからだ。男はもがくようにして女子高生に近づいた。なにかの拍子で電車が揺れたら、肘でおっぱいをつつける距離だ。こういうのを至近距離というのだ。

「もっとくっつけよ」

男は声のする方を苦労して振り返った。男と同じ「紳士服のコナカ」で買ったような鈍色のスーツを着た男がいた。知らないやつだ。でも、この顔には見覚えがある。はて、だれだっけ？

「女の子の真後ろにぴたりと。そして、腰をぴたりと密着させるんだ」

森鷗外だ！　間違いない。さっき、写真で見たばかりだものな。

「足をぐっと女の子の足の間に突っこんでみな」

「いいけど、捕まっちまうぜ」

「わかってないね」森鷗外は囁いた。

「近頃の子はませてる。あんな可愛い顔をして、なにをやってるかわかったもんじゃない。あんたのところの娘だって、そうだろ」

「うちの娘の話はパス！」

「朝からあそこをウズウズさせてるかもしれん」

「確かに、その可能性は否定できないね」

「だろ？　あそこをくっつけてぐいぐい押したって、このラッシュだから文句はいえん。ほっといたって、スカートはずりあがってくる。まあ、最初からずり上がってるみたいに短いけど。そこで、あんたはなにげなく手を下ろす」

「なにげなく手を下ろす！」

「すると、手があそこに当たる。偶然に」

「偶然ねえ」

「しかし、あんたとしては手をそんなところに存在させておいては失礼なので、抜け出そうとして、手をもじもじ動かすことになる。そのことに関して、あんたはなんら後ろめたいことを感じなくていい」

「そりゃそうだ！」

「そこから先はあんたの腕次第ってわけ」

なんだか知らないが、おれは納得しちまいそうになった。他人の意見を真に受けるタイプなんだな、おれは。それで、いつだって損してるんだが。

「救いようのない間抜けだぜ、あんた」

森鷗外と反対側で声がした。男は首を声のする方に向けた。

「懐かしいねえ、あんたかよ」男は夏目漱石にいった。

「さっき会ったばかりだろ」夏目漱石はいった。

「挨拶もしないで消えちまうからびっくりしたよ。ところで、あんたが捜してた人、そこにいるみたい」

「見りゃあわかる。あんなに不細工なやつは他にいないものな」

「そりゃあ、お前の方だろう」森鷗外がいった。

「なにいってやがる、ロリコン」

「ロリコン？　ロリコンだってえ？　なにを証拠にそんなことを――」

「お前がロリコンだったたことは常識だよ」

「そうかい、お前はホモだったたって専らの噂だけど」

「真っ赤な嘘だね。おれに何人、子供がいたか知ってるだろ、ええ？」

「あんなもの世間を欺く偽装結婚さ。奥方に書生の恰好させてバックからやってたっていうじゃないか」

「ストップ！　ストップ！　はい、頭突きと急所へのパンチはノー。さあ、両者、コーナーに戻る！」

男は文豪たちの真ん中に割りこんで（いや最初から間にいたのだが）ふたりを制した。

「どういういきさつか知らんが、混雑した電車内での喧嘩はダメ！　禁止します！」

なんだか変な感じがした。ラッシュの電車の中で夏目漱石と森鷗外の仲裁をするというのは。たぶん、こんな経験したのはおれだけじゃないかな。男はそう思った。ふつうのサラリーマンにはちょっと荷が重いぜ。

「痴漢！」突然、女子高生が叫んだ。

「わたしのスカートの中に手を突っこんでるのはだれよ！」

電車に乗り合わせた連中の視線が一斉におれたちに注がれた。おれたちというのは、おれと夏目漱石と森鷗外だ。おれたちは女子高生を囲むように立っていた。

「こいつです！」

夏目漱石と森鷗外が同時におれを指さして叫んだ。

「この人が女の子のスカートに手を入れるところを確かに見ました！」

うそ。おれはチョー焦った。そんなのありかよ！

「違います！　おれは無実ですよ！　罪なき者を、そんな目で見ちゃダメ！　下心がなかったとはいわない。いわないけどね、想像することと実行することの間に差があるでしょう？　おれじゃないってば」

「じゃあ、だれよお」

被害者の女子高生は怒っていった。怒った顔も可愛いかった。

「状況から見て、夏目漱石か森鷗外じゃないかと思うんだが」

女子高生は気持ち悪いものを見るような目つきになった。なんだか車内がシンとしている。おれは周りを見回した。いない。いままでいたはずの文豪ふたりがいない。夏目漱石と森鷗外が。どこへ行っちまったんだ？　隣の車両かな。こんなに混んでるんだから、そりゃあ無理か。もしかして、文学史の中に戻ったのかな。それならそれで一言あって然るべきだと思うけど。しかし、まいるなあ。

男の脇の下を冷たい汗が流れた。

みんなグルなんじゃないか？　どうも、今日は朝からヘンだった。真面目なサラリーマンを危機に陥れようとしている。なにか、そんな陰謀が進行しているみたいな感じ。おまけにその片棒をかついでいるのが日本を代表する文豪だなんて。もしかしたら、片棒じゃなくて、ぜんぶあいつらが仕組んだのかも。

人込みをかき分けて、向こうから車掌がやって来るのが見えた。

から。

「車掌さん、あそこ、あそこにいる風采の上がらないサラリーマンが犯人ですって」
「風采が上がらない」だって？　大きなお世話だよ。当人だってそれぐらいわかってんだから。

右手をだれかが摑んだ。それから左手も。女子高生はシクシク泣いている。だれかが「こわかったの？　可哀そうに」と慰める声が聞こえた。どうしてこんな目に遭わなきゃならないのか、おれにはさっぱりわからなかった。おれにわかっていたのは、少なくともいまおれは幸福ではないということだ。待てよ。おれは首をひねった。最近、いつ幸福だったっけ。去年？　10年前？　30年前？　窓の外では風景が猛烈な勢いで後ろへ流れていた。馬鹿みたいだぜ。おれは。お前たちは。

第一章　お掃除する人

突然閃いたのだ。

この町には、とてつもない秘密がある。そんな気がした。いままでだれも見たことも聞いたこともない、ものすごい秘密が。そして、その鍵を握っているのはゴヂラなのだ。そして、そして……。それから先はよくわからなかった。閃きはある。なにかの核心がわかる。だが、わかるのは核心だけだ。核心だけがわかるということは、実際のところほとんどよくわからないのと一緒だった。そこで、警官は閃きから離れることにした。

その警官の視線の中に男が入ってきた。

男が現れたのは30分前で、踏切を越えお掃除をしながら「ジョナサン」の前に現れたのだ。

男は和服を着て、でかい、魔女が空を飛ぶ時に使うような箒を持って、熱心に道路のお掃除をしていた。耳にはどうやらウォークマンのイヤフォンを突っこんでいるようだった。それは少なくともバナナではなかった。たぶん。そして、男はお掃除をしながら少しずつ石神井公園駅前の広場に近づいていた。

男の姿を見た瞬間、警官は途方もない陰謀の匂いを感じた。感じたなんてものではなかった。まるで、ドラフトで千葉ロッテから指名されたような不吉な感じだった。

「あいつを逮捕しようと思う」警官は思いつめた声でいった。

「あいつって、だれだよ」交番の奥から相棒があくびをしながら出てきた。

相棒はもちろん制服を着ていた。でも、その制服はボタンが一段ずれて留められていた。ワイシャツの裾が尻のあたりにはみ出していた。靴下の色が片方ずつ違っていた。薄汚れた白と薄汚れた茶色。それはいつものことだった。ズボンの前の方が濡れて、くすんだ色になっていた。それもいつものことだった。そいつはトイレに行くと、必ず前を濡らして帰って来るのだ。手だって洗ってるわけがない。そして、その指で歯と歯の間に詰まった得体の知れないものをとりだそうとしていた。そのままにしておいた方がまだ清潔なんじゃないか？

相棒の口はいつも臭かった。「チャイニーズハウス長谷川」で一日に二度、ニラレバ定食＋ギョウザを食べるからだ。定食にはギョウザが2個ついていた。さらに、ギョウザ一皿に6個で合わせて8個だった。

オーケー、わかったぜ。おまえはただギョウザが好きなだけなんだな?

「おれに息を吹きかけんなよ」

「なんで?」

「すごく臭いんだよ、おまえ」

「おれは臭くないけど」

警官は相棒の顔をじっと見た。おれの任務は、ほんとはこいつを射ち殺すことなのかもしれんな。マジで。

「おれの顔になんかついてる?」

「いや」

「ところで、あいつってだれだよ」

「あそこ、ほら、文房具の『三和』の前で掃除をしているやつだよ。さっきまでは住友銀行のキャッシュディスペンサーの前で掃除をしてたんだがね。そこはもう終わって、移動してきたんだ」

「へえ。あいつはなにものなんだ? なにやったんだよ。幼女強姦か?」

「いまのところはなにもしてない。お掃除してるだけだな」

「『いまのところはなにもしてない。お掃除してるだけだな』だって? バカ、そんなやつを逮捕してどうすんだよ。新聞社が来て、週刊誌が来て、不当逮捕で、懲戒免職になっちまうじゃねえの。おれの年金はどうなる？　ええっ？　そうなったら、おれの面倒見てくれるってわけ？」

右手はもう拳銃を摑んでいた。ストップ、ストップ。警官は自分の右手を左手でグッと抑えた。おれってすぐ撃ちたくなっちゃうんだよな。秋葉原の交番にいた時は、酔っぱらいがしつこくからむので、そいつの足もとに12発も撃ちこんじゃったし、四谷三丁目の交番に勤務していた時は、無断停車していた乳母車の足もとにやはり12発も撃ちこんじまった。今度やったらクビだ。クビ。わかるか？　部長にそう宣告されてんだ。わかりました、もうやりません。この石神井公園派出所がおれの最後のチャンスなんだ。

「わかった。逮捕するのは、あいつが幼女を強姦してからにするよ」

「そうこなくっちゃ。じゃ、おれ、昼飯食ってくっから。くれぐれも、逮捕するならやつが幼女を強姦してからにな」

相棒は「チャイニーズハウス長谷川」へ出かけた。ニラレバ定食を食いに。

警官は駅前の狭い広場をざっと見渡した。キャットウーマンの衣装を着た女がビラを配っている。生活に疲れ切ってボロボロになった中年の男が、5つぐらいの女の子を連れて〝喫茶とパン〟の「サンメリー」に入っていく。女子高生がひとり電話ボックスに入って電話をかけている。それから、あのお掃除をしている男だ。男は「三和」の前を掃き終わったので、隣の花屋「日東」の前へ移動していた。

閃いたぞ。警官は小さい声で呻いた。

あのキャットウーマンの衣装の女は「悪の総裁」の手先で、世界征服の第一歩として石神井公園駅の前でビラを配り出したのだ。それから、あの5つぐらいの女の子は世界一の超能力者で、ぬいぐるみをしゃべらせることが出来て、あの女子高生の方はアルバイトで週に三日、援助交際をしているが、詩人の谷川俊太郎と友だちで、いま、その谷川俊太郎に電話をしているのだ。

　警官は、周りを見回すと思わずペッと痰を吐いた。

ああ、どうしたんだろう。最近そんなことばかり考えちゃうんだよね。やっぱり、気が変になったのかも。あの酔っ払いの足もとに12発撃ちこんだ時も、そいつが金正日（キム・ジョンイル）のような気がしたからだし、乳母車の足もとに12発撃ちこんだ時だって、あの赤ん坊がやはりサダム・フセインの変装に思えちゃったんだ。

　駅員がびっくりしたように警官を見ていた。

「なにを見ている」

「ちょっと、痰なんか吐かないでください。掃除するのはわたしなんですから」

「掃除？　掃除っていったな」

「いいましたよ。だから、そんなところへ痰なんか吐かないでくださいってば。掃除するのは……」

もういかん。神様、限界です。警官は、駅員に拳銃を突きつけていた。

「おれの前で二度と『掃除』という言葉を使うな。もし使ったら、その場で撃ち殺してやる。わかったか?」

「わかりました」

駅員は逃げ出した。ものすごい勢いで。そういうの、脱兎のごとくっていうんじゃないか。よく知らんけど。

駅員は追い払った。警官の興味は再びお掃除している男の方に戻った。

なんだか、もうすぐ世界が終わるような気がする。警官はそう思った。いや、ほんとはもう終わってたりして。

男は着実に前進していた。いまのところは。「日東」を終わって、「いずみ書店」の前をお掃除している。これからだ、問題は。そのまま真っ直ぐ、石神井銀座商店街の中を突っ切って行くことも考えられる。とすると、派出所からは見えなくなるわけだ。しかし、駅前広場に沿ってぐるっと一周してから、商店街へ入っていくとしたら? その場合は、おれの目の前を通るじゃないか!

「よし、わかった。早く、強姦でもなんでもやってくれ。そうでなきゃ、おれはお前を撃つわけにはいかないいんだってよ」

＊

男は、警官がじっと自分を見つめているのを感じた。

ふーん。そう男は思った。

ふーん。感想はただそれだけだった。

男はもちろん、ずっとお掃除を続けてここまでやって来た。残念ながら、あの警官も男のことを詳しくは知らなかったのである。

男は葉山の御用邸の前でもお掃除をしていたことがあった。何年前のことだっけ。たぶん、まだあの人が生きていた頃のことだった。

男はいまと同じ格好で、御用邸の前をお掃除しながら通り過ぎようとしていた。すると、中から車の列が出て来た。パトカーとかSPとか警備の警官とかいったものを前後左右にぶら下げて。男は車の列の前を横切るようにお掃除しつつ移動していた。

おかしなことに警備の連中は文句をいわなかった。住民と勘違いしたのだ。

「精が出ますね」というやつさえいた。

男は御用邸の前を通り過ぎた。車の列が動き出した。男は箒を動かす手を止めて「お出かけですか?」と訊ねた。

車が一台止まった。窓が開き、おっさんの顔が見えた。

「チョット、仕事デ」

　ふーん。男はそう思った。いや、そういうのって「思った」っていわんのかな。とにかく、ふーん、だ。男はおっさんの顔をしげしげと眺めた。ただの老人だ。死にかけの。ふーん。

　あれから何年も過ぎた。男はあい変わらずお掃除をしていた。男は過去を振り返らない。つまり、お掃除してきたところを決して振り返ったりはしない。なぜなら……なぜなら、一度お掃除したところに、また落葉やチューインガムや空き缶が降ってくるから。その度に戻って元のところからお掃除していたら、永久に同じ町内から出られないのだ。

「ここはどこだい？　石神井公園？　ふーん。ちんけな町だな」男はお掃除の手は休めずにひとりごとを呟いた。

「藤井さん？　藤井貞和さんじゃないすか？　こんなところで、なんで掃除なんかしてるんです？」

　中年の男が目の前に立っている。5つぐらいの女の子の手を引いて。その男の目はひどく濁っている。ということは心もそうとう濁っているはずだ。目は心の窓っていうもんな。背中が曲がっている。脚も。上も下もジャージーだ。上は黄色で、下はピンク。よせやい。

「あの、タカハシですけど。覚えてます？　先月、松江でやった日韓作家会議で会いましたよね。ぼく、酔っぱらっちゃったけど……」

「あんた、人違いしてるんじゃない？　ほら、目ん玉開いて、よく見なよ。おれがその藤井貞和って人だっていうの？」

「ああ、そういわれると違うみたいですね。どうかしてるなあ、おれ」

タカハシさんはあっさり引き下がった。どうかしてるよな、まったく。タカハシさんはそう思った。藤井貞和と間違えるなんて。日本を代表する詩人、東京大学国文科卒業。主な詩集『ピューリファイ！』、『ピューリファイ、ピューリファイ！』、『ピューリファイ、ピューリファイ、ピューリファイ！』、あっ三番目のはウソです。ありそうだけど。だいたい、おれと顔見知りだもん。なのに、そこらを掃いてるおやじと間違うなんてよ！

「すいません。じゃ、お掃除頑張って」

「あいよ」

タカハシさんは頭を下げ、男の前から立ち去った。だが、二、三歩進むと振り返っていった。頭が勝手に後ろを向いてしまったのだ。

「ほんとに、藤井さんじゃないの？」

「しつこい！」

やっぱり、どうかしてるな、おれ。タカハシさんは慌てて「いずみ書店」に入った。どこに入ってもよかったのだが、目の前にあったのがその本屋だった。本屋の棚にはタカハシさんの本も一冊あった。いつもある。よかった。タカハシさんは思った。その本は2年前からそこにある。ずっと同じ場所に。ちっともよかないか。

＊

男の前には5つぐらいの女の子が残っていた。タカハシさんが置き忘れていったのだ。タカハシさんは確かに人生において様々なものを置き忘れてきた。時には自分の娘を置き忘れたとしても不思議ではない。

「あなた、藤井貞和でしょ？」女の子は単刀直入にいった。5つぐらいの女の子だ。派手な黄色い服を着ている。タカハシさんは子供を連れて歩く時はいつも黄色い服を着せる。道の真ん中に置き忘れても車に轢かれないために。

男は女の子の目を見た。女の子は真っ直ぐ男の目を見ていた。まいった。なにもかも見抜いてしまいそうなすごい目だ。吸いこまれちゃいそうだ。

「そうだよ」男は正直に告白した。この25年、そんなに素直な気持ちになったことはなかった。

「わかってたわ」女の子はそういうと、持っていたウサギのヌイグルミを男に渡した。

「この子があなたになにかいいたいって」

「へえ。この子の名前は？」

「キクチシンキチ」

「キクチくんか、なんかぼくにいいたいんだって?」

「アナタノ詩ノふぁんデス。デモ、昔ノ方ガヨカッタ。頑張レ、藤井貞和!」

男は周りを見回した。だれもいない。耳もとのイヤフォンから流れてくるのは中島みゆきのアルバム『寒水魚』だ。女の子はあい変わらずすごい目でこっちを見ている。

男はヌイグルミを叩いた。それから両足を持って逆さまにして振ってみた。そして、最後には喉のあたりを思いきりぎゅうぎゅう押してみた。

「痛イ! ナニスンダヨ!」

やっぱり、この、目の前にいるヌイグルミがしゃべってるんだ! 男は驚愕した。だが、すぐにこう思った。それがどうしたというのだ? このヌイグルミがおれよりいい詩を書きはじめたとでもいうのか? ただ挨拶しただけではないか。

「すまんね。ほんとにしゃべるとは思わなかったんだよ」

男は、女の子とヌイグルミの中間ぐらいに向かってしゃべった。どっちに返事をしていいのかわからなかったからだ。

「マリリン、マリリン! おじさんの邪魔するんじゃないよ!」

「いずみ書店」の前でタカハシさんが叫んでいた。

「じゃ、行く」女の子がいった。女の子は去った。ヌイグルミも一緒に。

男はしばらく考えていた。ヌイグルミがしゃべる。それはいいとしよう。そういうことだってあるんだろう。世界は広い。しかし、おれの詩を読んでるって？　なにもかもが謎めいていた。世界は謎に満ちていた。どこかがおかしかった。男はなにかを考えようとした。もし、その時、男になにかを徹底的に考えようという姿勢があったなら、その謎に近づくことができたかもしれなかった。だが、男はそういうタイプの人間ではなかったのだ。男は呟いた。

「まっ、いいか」

男は、またお掃除に戻った。

ビラが落ちていた。男はていねいにビラを掃き寄せた。すると、またビラが落ちていた。男はビラを掃き寄せた。すると、またビラが落ちていた。男はついにビラを拾うと中身を読んでみることにした。男は頭を上げた。

駅前の広場はいたるところビラだらけだった。男は箒を持ったまま、ビラを配っているキャットウーマンの扮装の女のところへすたすた歩いていった。キャットウーマン。映画の『バットマン リターンズ』ではミシェル・ファイファーがやった役だ。黒い革のお面、黒い革のボディスーツ、黒い革の長手袋、黒い革のブーツ。最悪の趣味。でも、中に入っている女は悪くない。

「あんた、悪の手先だね」男はキャットウーマンにいった。

「なによお、藪から棒に。わたしに絡む気?」キャットウーマンはキッとした目で男を睨んだ。久我美子に似ている。男はそう思った。そのマスクをはずしてくれたらはっきりわかるんだが。いや、昔「わたし、脱いでもすごいんです」で一世を風靡した北浦共笑にも似ているな。

男は黙ったまま、手に持っていたビラを渡した。それは、キャットウーマンが配っていたビラだった。

「急募!

悪人大募集!　高給優遇!

『影の総裁』が人材を求めています!

悪いことに興味のある65歳以上の方、大歓迎。

詳しくは、説明会にて。

12月12日(火)午後1時　場所 石神井公民館」

「バレちゃしようがないわね。警察にチクる？」

「いや。チクったりはしない。問題はあんたが配っているビラだよ」

「悪を許さないの？」

「そんなことはおれの知ったこっちゃない。ただこれ以上、おれの後ろにゴミを落とさんで欲しいだけなんだ。わかるな。おれはずっと道路を掃いてきた。もう、30年以上も。これから何年お掃除できるか、おれにもわからん。たぶん、都内を生きて出ることはないだろう。だから、これ以上、心配を増やしたくないんだ。せっかく掃いて、後ろを見ると、またゴミだ。おれはなるたけ見ないようにしているが、つい見ちゃうことだってある。そしたら、またそこへ戻ってやり直さなきゃならん。おれの前にゴミがあってもかまわん。それは、おれが責任をもって掃くからね。だから、あんたもおれの後ろでそのビラがゴミになったりしないよう見張って欲しい。おれから見えなくなるまででいいからさ」

「どうすればいいのよ」キャットウーマンは面倒くさそうにいった。

「ビラを配る相手を65歳以上にすればいいんだ。あんた、さっきからみんなにビラを配ってるじゃないか。字の読めない2歳のガキとか、盲導犬を連れたやつとかに」

　キャットウーマンはどうしようか考えていた。もし断ったらヤバくなりそう。そう思った。なんだか、この人、雰囲気が変だもん。

「いいわ。ビラは65歳以上に見える人に配る。それから、あんたの後ろでゴミになったやつは、わたしが帰りに拾っていく。これでいい？」

「協定成立だ」

　ふたりは握手した。そして、男はお掃除に、キャットウーマンはビラ配りに戻った。忘れていたが、風は冷たく、陽差しは温かかった。どっちつかずということだ。電話ボックスから、女子高生が出てきた。ついさっきまで谷川俊太郎と電話をしていたのだ。用事は終わった。谷川俊太郎は昼寝をするといっていた。女子高生はこれから知らない男の待っているホテルへ行こうとしていた。

「ビラくれないの？」女子高生はキャットウーマンにいった。

「道に捨てないと約束する？」キャットウーマンはいった。

「約束する」女子高生はキャットウーマンからビラをもらった。読んだ。

「ねえ、悪人てなにするの？」

「悪いことよ」

「悪いことって？」

「いちいちうるさいわね。道路上じゃ、説明できないわよ！」

　女子高生はビラをていねいに折ってカバンに入れた。カバンには「天童よしみ」の小さなキーホルダーがついていた。そして、キャットウーマンに向かってこういった。

「くそババア」

　警官は、その様子をすべて眺めていた。だが、手を出すわけにはいかなかった。だれも幼女を強姦してくれないからだ。カラオケスナック「祇園」の前に、くたびれたスーツを着た老いぼれが座っているのが見えた。まだ、スナックは開いていない。たぶん、開店時間を間違えたんだろう。突然、警官は、その老人が世界的な数学者であるような気がしてきた。そして、その老人は有名な作家と待ち合わせているに違いない。いったんそう思いはじめると、止めることができないのだ。

「ああ」警官は呻いた。「おれはおれ自身の頭を撃つべきなのかもしれん！」

「時間、間違えてしもうたわ」腕時計を見ると、入口前の階段に腰かけたまま、数学者の森毅は呟いた。森毅は、明治文学に詳しい関川夏央さんと一緒にカラオケを歌う約束をしていたのだ。

「しゃあない、ちょっとおさらいしとこか」

　森毅は小さい声で歌いだした。もちろん、「モーニング娘。」の『ハッピーサマーウェディング』だった。

　その頃、サダム・フセイン大統領は金正日総書記とホットラインを使って秘密会談をしていた。

「ところで」金総書記はいった。「日本の警官はこわいですな」

「なんで?」フセイン大統領はいった。

「日本を秘密視察に行った時、酔っぱらいのふりをしたのにバレてしまい、弾を12発も撃ちこまれたのです」

「ほほお!」フセイン大統領は感心したようにいった。「実はわたしもです」

「といいますと?」

「日本を秘密視察に行った時、やはりバレてしまい、わたしも12発撃ちこまれたのです。それも、あなた、絶対見つからないように、赤ん坊に変装していたというのに!」

「なんと!」金総書記は呻いた。「おそろしい」

「侮れませんな、日本の警察は」フセイン大統領はしみじみといった。

「誠に」金総書記は感慨深げに答えた。

第二章　ニッポンのポルノ

男は石神井公民館の「区民文化教室」の受付に座ってポルノを読んでいた。男の名前はスズキイチローだった。マリナーズのスズキイチローは年収6億だが、このスズキイチローの年収はこの20年間、一度も250万を越したことがなかった。

「エリカは苦しそうに喘いでいた。五郎は、11歳のエリカのまだ膨らみきっていない乳房を摑み、固い乳首を舌の上で転がした。

『ああん、いやああ……ん、ああぅ……、そこお……』

五郎はエリカを舐め回しながら、同時にマチコを下から激しく突きあげていた。五郎が動くと、マチコはせつなそうに呻いた。

『ダメえ、すごい、ああ……そんなの、いやあ！』

五郎の棒茎が12歳のマチコの狭い肉室の中を動くたびに、いやらしい音が部屋中に響きわたった。

『ヌチュ、ヌプププッ、ズチョッ、ニュリュル……』

エリカの頭が倒れるように五郎に近づき、唇が重なった。五郎は舌をエリカの口の中に押し入れると、歯ぐきを舐め、エリカの舌をからめ、その唾を啜った。その間にも、マチコは器用に手を伸ばし、五郎の菊門を嬲っていた。

『ああ、行く、行きそうだ……』

五郎の欲棒は極限まで硬直し、大きく波うっていた。おれは、小学生のあそこにスペルマを出そうとしている。そう考えると、五郎は目が眩みそうな喜びを感じるのだった。腰のあたりに電流のようなものが走りだそうとしていた。

マチコの蜜箱の入口は狭かったが、中は熱く別の生きもののように複雑に蠢いていた。

『うおおおお……おおお！』


オオオオオオオオオオッッッッ！

そうだ。五郎、ぶちこんでやれ！　マチコのちっぽけなプッシーに。お前の赤黒くって、てかてか光ってる、デッカイやつを！　ええええええい、こんちくしょう！　11歳と12歳に両側からなめてもらって、青筋を浮かべてるそれをだな、どんと突っこむんだよ、この野郎！　男は興奮のあまり机を叩いた。ドシン！　そして、慌ててトイレに駆け込むと、ビッグなシンボルをしごいて白い液体を便器の中に放出した。今日、三度目の放出だった。

男は受付の机に座っている間中、ずっとポルノを読んでいた。

わけがわからん。「ロリコンの五郎」や「女子高生好きの体育教師平井」や「マザコンの良雄」には、あんなに女がいるのに、どうしておれには女がいないんだ?

男は毎日、レンタルヴィデオの「アニメート」でアダルトヴィデオを二本ずつ借りていたし、「アサヒ芸能」や「内外タイムス」や「週刊実話」を欠かさず読んでいた。だから、やりたくて仕方ない女がこの世の中には溢れるほどいることをよく知っていた。

若い義母は必ず義理の息子とやりたがるし、高校の女教師はガキ共を前にして毎日、アソコをグッショリ濡らしているのだ。

ウオオオオオオオオオオオ!

おーい、おーい。女どもよ、汝らの願いは聞き届けられたぞ。おれさまがいる。おれはここにいるぞ! さあ、いつでもぶちこんでやる。遠慮しないでいいよ。声をかけてちょうだいね。

「はち切れそうなほど堅くなったペニスを握ると、わたしはためらわずに、口に含んだ。

そして、おいしそうに舌でジュルジュル舐めはじめた。

『ああ、ママ！　気持ちいいよ、ママの口の中……』

わたしは、良雄の熱く脈うっているペニスをくわえたまま、首を前後に振りつづけた。良雄のペニスは信じられないほど大きく、喉の奥までくわえても3分の1は余ってしまうのだ。ああ、これが良くんのオチン×ンなんだわ……。

『ママ！　すっ、すごいよ。あう……ママ！』

良雄はわたしの頭を摑み、切迫した声で叫んでいた。

『ぼく、イッちゃう。ママ、ダメだよ……ぼく、我慢できない、ママ……』

良くん、我慢しないで出してもいいのよ。ママのお口の中に出しちゃってもかまわないのよ。

『ああ、出ちゃう、出ちゃうよ、ママ！　そんなの……ああ、うわわわ、もう……ママ、ママ！』

良くん！　出して！　ママがぜんぶ呑んであげるから！　良くん……」

ママ！　ママ！　ママ！　おおおおお、ママ！　ママアア！　発射する、発射するぞ！　こんちくしょう、さあ呑め！　一滴残らず、ぜんぶ！

男は、再びトイレに向かってダッシュすると、「ママ」の口の中に一滴残らず放出した。男は机に戻った。男は啞然としていた。

ちょっと、マスのかきすぎかなあ。男は、マスは朝一回、昼三回、夜二回までと決めていた。男はすでに、朝一回、昼四回も発射していた。

仕方ない。夜を一回にしよう。ものごとはトータルで考えなきゃいかんのだ。

突然、電話が鳴った。男は受話器をとった。

「はい、こちら、区民文化教室受付です」

「昨日の分は勘定に入れてる?」なまめかしい女の声がいった。

「はあ?」男はあいまいに返事をした。

「昨日の分だってば。あんた、昨日は朝二回、昼五回、夜三回だったじゃない。ぜんぶで十回よ! だから、今日の分から四回分借りてるわけね。ということは、あんたの今日のスペアはないのよ。わかった?」

「おれのマスだよ」男は憤然としていった。「だれだか知んないけどね、あんた。おれがおれのマスをどう数えようと勝手だろうが」

男は電話を切った。ガチャッ。

どうかしてるぞ、あの女。

男はしばらくぼんやりしていた。もしかしたら、あの女、おれとやりたかったんじゃないだろうか? そうだろ。ふつう、他人様のマスになんか首を突っこまないよね。しまった、せっかく向こうから近づいてきたってのに。男は手帳を取り出して、棒線を一本引いた。手にいれそこねた女の数がまた増えた。

　男は大学を卒業したら女子高の教師になるつもりだった。そこには、男のどでかいやつを待っている処女がわんさかいるはずだった。


「イチローは響子の脚を踝（くるぶし）のあたりで摑むと、大きく開いた。そして、早くもヌラヌラした液がしみだしている、不気味に光る怒張を、響子の薄いピンクの秘裂にそっとあてた。

『ほんとうにいいんだね』イチローは響子の耳たぶに口を押し当てて囁いた。

『ああ、来て。先生！　響子、先生が欲しかったの！』

　イチローは赤銅色のこわばりで、すうっと、響子の溢れかえった蜜壺をさすった。

『あっ、あっ、はふぅっ。おおぉっ、早く、早く……』

『響子、早く、何だい？　早く、どうして欲しいの？』イチローはじらすようにいうと、肉棒を響子の秘唇にそってまたゆるやかに上下させた。

『あうっ、恥ずかしい……。わたし、いえない……』

『あそこがひくひくしてるよ。ほら、オチン×ンを入れて欲しいんだろう？　正直にいってごらん。そうしないと、先生はわからないじゃないか』

イチローはわざと、剛棒をしとどに濡れた花芯からはずすと、薄い陰毛のあたりにそっと滑らせた。

『あっ、いや。意地悪！　響子、変になっちゃう！』

『オチン×ンを入れてって、いってごらん、さあ……』

『ああ……オチン×ン、入れて……響子、先生のオチン×ンが欲しい、すごく欲しいの……』

イチローは、白く泡立つ果汁が滴り落ちる秘貝に、一気に極太のものを突き刺した。

『ひいいいいっいいぃいぃいっ！　あっ、あっ、あっ、んぐっ、あっん！』

爆発しそうなほど巨大化した肉茎の周りに、ヌメヌメと熱い柔襞がまとわりつき、イチローの腰の奥深くからしびれるような快感が襲ってきた。

『うおおおおっ！　すごい、すごいぞ、なんていいんだ、響子のオマ×コは！』

『あっあっ、はぁっ、はっ、あぐっ……。先生、いいっ、いいっ、響子、気が変になっちゃう、あああああっ！』」

うおおおおー！　うわっうわっうわっ、うおおおおお、うおー、うおーっ！　響子、響子！　おまえのオマ×コの中に出してやる！　先生の濃いやつを出してやるぞ！　出してやるといったら、絶対に出す！

大学生の頃、男は奇人として有名だった。突然、大声を上げると、いきなりトイレに駆けこむのだ。授業中だろうが、試験中だろうが、入学式の途中だろうが。友人たちは、男がトイレでなにをしているのか薄々勘づいていた。だが、なにもいわなかった。

女子高の教師になって生徒とやりまくるという男の目論見は、残念ながら失敗に終わった。トイレに駆け込む回数が多すぎて、卒業しそこなったのだ。

それから、男は小さな出版社にもぐりこんだ。美術の本を出版する会社だった。さいわいなことに、社長には美人の秘書がいた。

「『さあ、イチローくん。裕子を可愛がってやりなさい』社長は青ざめた表情でいった。

『し、しかし……』

『遠慮することはない。ぼくは、彼女が他の男に抱かれるところを見ないと勃起しない体なんだ』

イチローは、ベッドの上で後手に縛られたまま、うつ伏せになっている全裸の裕子を見た。イチローには信じられなかった。全社員の羨望の的だった社長秘書の裕子が、あられもない格好を晒しているのだ。イチローは夢遊病者のように裕子に近づくと、彼女の尻を高く持ち上げた。

『裕子さん……裕子さんのあそこ、なんてきれいなんだ』

『いやあっ！　見ないでえ！』

イチローはなめらかで弾力のある裕子の双臀に手をかけると、ひくつく菊門から会陰にかけて舌を這わせた。

『そこ、だめえ！　あ、ひぃっっ！』

裕子の身体がバネ仕掛けの人形のように弾んだ。

イチローはそのまま舌をずらすと、花びらの根元にある小さな肉芽を舌の先でそっとつつくように嘗めた。

『あっ！　うっ、いやっ、そんなの、アッ、アッ！　ん、んっ！　む、ふッ！』

なんて敏感なんだろう。イチローは夢見心地のまま、裕子の尻を両手で引き寄せた。そして、硬直を燃えるような肉の亀裂に押し当てると、一気に突き刺した。

『う——あ、あっ！　だめ！　ああっ、あ！　いやいや——むっ、ふ——あああん！』

イチローは目が眩むような気がした。裕子の秘肉が生き物のように自分の硬直を締めあげてきたのだ。

『裕子、そんなにいいのかね。イチローくんの方がぼくより気持ちいいのかい？』

『そんな——意地悪——あ、ああ——』

『いうんだ。さあ、裕子。ぼくとイチローくんとではどちらが大きい？』

『あ――あっ！　イチローさんの方が――あっ、そんなの！　いやっ！　変になっちゃう！』」

　男はすぐに会社を馘首になった。とにかく、トイレへ入る回数がやたらと多くて仕事にならなかったからだ。それから、男は小学生の学習塾の教師になり、消火器を訪問販売し、工事現場で旗を振り、幼稚園の送迎バスを運転し（免許は持っていなかったが）、測量の補助をやり、立ち食いそばのチェーン店の店長見習いになり、工事現場で鉄筋を担ぎ、御歳暮の配送を自転車でやって（免許証がなかったから）坂を登れずに半日でアパートへ帰り、キャバレーのボーイをやり（福富太郎が経営していた「ハリウッド」は何回面接を受けても落ちたが）、それから――なんだっけか。すっかり、忘れちまったが。職業ってやつは、どうしてこんなに多いのかね。

　それはおいといてだね、おれの女はどこにいっちまったんだ？　どうしても、わからん。学習塾の教師によろめく若い母親は、どこで時間をつぶしてるんだ？　訪問販売のセールスマンが来ているのに、なんで団地の奥さんはしなだれかかってこないの？　あんたら、遠慮が過ぎるんじゃないの？

　そういうわけで、男は女を捕まえそこなってきた。どうしたらいいんだ？　本や雑誌に書いてある通りにならんじゃないか。

男は責任者に訊いてみることにした。本や雑誌になにかを書いているやつらだ。男は「作家住所録」を調べた。なんと、この石神井公園にも作家がいるじゃないか。ハッハッハッ。

男はそのタカハシという作家のところへ行ってみた。そいつは石神井池の前のマンションに住んでいた。

男はマンションの入口でインターフォンを押した。

「はい、タカハシです」

「女がいないんだ！　みんな、どこへ行っちまったんだ」男はインターフォンの向こう側に届くように叫んだ。

「そんなことはないと思うがね。さっき、スーパー『丸正』へ行ったけど、お客の9割は女だったよ」

「そういう意味じゃないんだよ！　おまえ、本を書いてるんだってな？」

「よく知らんが、そうらしい」

「もてるだろ」

「そうでもないよ」

「じゃあ、どうしてお前の本の中で、男どもは女とやりまくってるんだ？」

「あんた、わたしの本を読んだことあるの？」

「その必要があるのか？」

「いや、別にないけど」

「おれはね、おれの太いコックをぶちこんで、女どもをヒーヒーいわせてやりたいわけ」

「よくわかるよ」

「問題が一つある。二つかな。三つかも。おれの考えではね、本と現実とは違うってことさ」

「あんた、いい線いってるよ」

「だから、ものは相談だが、女を少しおれに回してくれないか。そういうことに詳しいだろ？」

「それなら、他をあたった方がいいよ。ムラカミリュウとか、ムラカミハルキとか、ムラカミナオキとか」

「責任をとらない気なんだな」

「そうじゃないって。人にはそれぞれ分てものがあるといいたいだけ。悪いけど、管轄が違うね」

「あっ、そう。じゃあ、ムラカミに聞けばいいんだな」

「ムラカミだ、たぶん」

「ありがと」

「どういたしまして」

「ちょっと、もう一つ聞いていいかね」

「いいよ」

「このマンションの真ん前のところで、じいさんが釣りをしてるの知ってるかい?」

「知ってるよ」

「いつ通っても、いるよな」

「ああ、わたしの知ってる限り、いつもいるね」

「同じ服で、同じ場所で。あれ、人間? それとも銅像?」

「うーん、よく見たことないんだ。ごめん!」


男はマンションを離れた。案外いいやつじゃないか。石神井池では老人が釣り糸を垂れていた。男は、そばにぴたりとくっついて老人の様子をうかがった。動かない。ぜんぜん。たまげたね。まばたきもしないぜ。


「はい、タカハシです」

「おれだけど」

「まだ用があるの?」

「いや、釣りをしてるじいさんの件だよ。あれは人間じゃないぞ。といって、銅像でもない。もしかしたら、死んでるのかも。いまのところ、わかるのはそれぐらいだな」

「ありがとよ。も少し詳しいことがわかったら連絡して」

「ああ、いいよ。ところで、ムラカミだっけ？」

「ムラカミだ」

「女、隠してない？」

「隠してない、隠してない」

　男はマンションを出た。「ダンキンドーナツ」の店員の女の子が、こっちを見てニッコリ微笑んだ。制服のミニスカートの下からはちきれそうな太股が見えた。

「イチローは、愛子の制服のミニスカートをまくりあげると、スキャンティ越しにも屹立していることがわかる肉芽を指でつまんだ。

『あっ、あっ……店長、そんな、い、痛いわ』」

　男は走ってアパートに戻った。トイレに入った。出した。トイレから出た。ムラタだっけ。ムラヤマだっけ。ちぇっ、忘れちまった。男はためいきをついた。もしかしたら、この人生は間違ってるのかもしれん。男はいままでに「ほんとうに」やったことのある女のことを思い出してみた。

最初は20いくつかの時だった。ひどく酔っぱらっていた。そして、道ばたの排水溝の中で酔いつぶれて寝ていた女を部屋へ引っ張りこんだのだ。朝になって目覚めた男は、隣に寝ている女を見て、悲鳴をあげた。そいつは人間というより、毛の抜けたオランウータンによく似ていた。

その次は、30いくつかの時で、やっぱりひどく酔っぱらっていた。男は、電柱の脇のゴミ捨場で酔いつぶれていた女を部屋へ引っ張りこんだ。朝になって目覚めた男は、隣に寝ているそれを見て、悲鳴をあげ、泣きながら外へ走り出た。ここは地獄か？　いや、そんな甘いもんじゃない！　だれか、だれか、おれを助けてくれ！　おれの部屋に、なんかへんなものが置いてある！　人間じゃないのに、人間の言葉をしゃべるんだ！　宇宙からの来訪者じゃないか、ありゃあ。

二度だ。たった。そして、それがすべてだった。

男は受付に座っていた。上の階では「カラオケ教室」をやっている。生徒は五人で全員が女。たぶん。わからんが。生徒はいるが、いまのところ先生はいない。三人続けて、ノイローゼで辞めたらしい。とにかく、そういうことだ。75歳が一人、65歳が三人、50歳が一人。65歳のうち二人は精神病院で知り合ったのだ。どうして、退院させる必要があるのかね。50歳は「サンメリー」でパンを売っていて、35年も詩の雑誌に投稿しているけど一度も載ったことがない。五人のうち、50歳と75歳は痩せすぎているし、65歳トリオは肥りすぎている。おまけに、全員が20歳サバを読んでいる。

「セーラー服を脱がさないで～
今はダメよ　我慢なさって～
セーラー服を脱がさないで～
嫌よダメよ　こんなところじゃ～」

男は上の階から聞こえてくる歌声に耳を澄ましていた。くそ。今晩は酔っぱらってやる。徹底的にな。電話が鳴った。男は受話器をとった。また、いつもの女の声だった。そいつは、すごく色っぽい声でいった。

「酔っぱらうのはいいけど、また変なの拾うわよ、きっと」

「ご忠告感謝する」

男は電話を切り、ポルノ本を開けた。

なんだか変だ、と男は思った。なにかがおれの周りで進行している。男はポルノ本から目を上げ、そのことについて考えようとした。男の長い生涯で、開けているポルノ本から目を離したのははじめてだった。しかし、哀しいことに男にはなにを考えていいのかわからなかった。というか、いままで一度もなにかを考えようとしたことがなかったのだ。男はまたポルノ本に戻った。


「博隆は、早苗が着ている半袖のワンピースの一番上のボタンを摘んだ。

（えっ？　なに、なんなの――お兄ちゃん？）

一番上のボタンはプツッと鈍い音を立てて弾け飛んだ。

（いや――どうして――どうするつもりなの？）

博隆はニヤニヤ笑いながら、二つ目のボタンを千切り捨てた。

（あ――あっ――ダメ――そんなの、お兄ちゃん――こわい――そんな目で見ないで）

三つ目のボタンが引きちぎるように外されると、早苗の幼く固い乳房が、突き出すように晒された。博隆は掌を伸ばすと、無言で、まだ未熟な淡い色の乳首をつねった。

（あ――あうう――ああ、いやあ――）」


一瞬、男の頭になにかが閃いた。

で、あの女はだれなんだ？

いったい、なんの用がおれにある？

だが、それは一瞬のことだった。男にはもっと興味のあるものがあった。博隆がどうやって早苗のボタンを外していくかということだった。男は頁をめくった。博隆は四つ目のボタンに手をかけようとしていた。

第三章　漂流教室

男は和服を着て、耳にはウォークマンのイヤフォンを突っこんでいた。そして、石神井池に沿った道を箒でていねいに掃いていた。その道には桜が咲いていて、まずいことにもう散り始めていた。

ボート乗場のあたりから掃き始め、そのままぐるりと一周すると丁度1時間半かかった。元へ戻ると、また道に桜が落ちていた。男は一からやり直した。1時間半たつと、男はボート乗場に戻った。また道に桜だった。

男は困っていた。だれだって困る。桜が散る頃に、道をお掃除する人間は。

どうしよう。男は箒を抱いたまま考えこんでいた。桜がぜんぶ落ちるまで待ってみるか。しかし、その間はなにをしてりゃあいいんだ？　春が終わるまで、アホみたいに道の真ん中に突っ立ってるのか？　男は桜の花びらを掃くのに飽きていた。たまには他のものも掃きたかった。潰れたカエルとか。

男は道路脇の電話ボックスに飛びこんだ。石神井公園にはまだ電話ボックスがあった。新宿や渋谷にはもう電話ボックスなんかないという噂だった。男はもちろん、箒もボックスの中に入れた。失くしたら、えらいことだからだ。男は手帳を取り出した。さて。こういう時に相談するなら谷川俊太郎だ。それが詩人の常識だった。男はプッシュフォンを押した。3－3－1……。そこまで押したところで、いきなり相手が出た。

「タニカワです」

男は反射的に電話を切った。

3－3－1までしか押してないよな、確か。いったい、どうなってるんだ？　男はもう一度、電話機に向かった。そして、電話機についたボタンの数を見た。どこにも「短縮」ボタンは見つからなかった。男はもう一度、ボタンを押しはじめた。3－3……。

「タニカワだけど、だーれー？」

男はまたしても慌てて電話を切った。頭は「切るな！」と命令していたが、手が勝手に受話器を置いてしまったのだ。

おれは、3－3までしか押してない！　絶対に！　誓ってもいい！　男は手帳を取り出した。これは、もしかしたら谷川俊太郎には電話をするなという神のお告げじゃないだろうか。他をあたってみた方がいいのかもしれん。男は手帳の別の箇所を開けた。女の電話番号が書いてあるところだ。何年か前に一回寝た女、何年か前に何回か寝た女、何年か前に寝ようと思ったのに断られた女、面識はないけど寝てみたい女、寝るんじゃなかったと後悔している女、その他いろいろ。もちろん、その中に女流詩人は入っていない。断固として。おれはそんなに趣味は悪くない。女ならだれだっていいわけじゃないんだ。男は適当に選んで番号を押すことにした。5……。

「タニカワです」

ワッ！　男は驚愕のあまり、受話器を手から落としそうになった。

「タニカワさん？」

「そうだけど」

「さっきから、何度も電話かかってきません？」

「かかってきてるよ。あんただろ」

「もしかして、イタ電だと思ってます？」

「まあね」

「信じないかもしれませんが、実は、どうボタンを押しても、タニカワさんに通じちゃうんです」

「あっ、そう。ぼくに用があったの？」

「はい」

「じゃあ、問題ないじゃないの」

「そりゃそうですけど」

「まあ、いいや。で、なに？」

「出られないんです」

「どこから？」

「ここから。つまり、石神井公園から。ぼく、もう3ヵ月も出られないんです」

「どういう意味？　なんか象徴的なことといってるの？　だったら、ぼくにはわからない」

「いや、比喩じゃなくて、ほんとうに出られないんです。たとえばですね、石神井町7丁目、6丁目、5丁目と掃いていくとですね、下石神井へ出て、それから6丁目、5丁目、4丁目へと下がっていくと、練馬区を脱出して杉並区に着くはずなんです。ところが、石神井町7丁目、6丁目、5丁目と掃いていくと、妙なことに石神井町1丁目がはじまっちゃうんです。変だと思って、地図で調べてみたんですね。左折すると石神井町1丁目、右折すると石神井台1丁目、直進すると下石神井。こうなるのが正しいんです。ところが、右折しても直進しても石神井町1丁目になっちゃうんですよ」

「じゃあ、念のために左折してみたら？」

「してみました。やっぱり、石神井町1丁目にしか着かないんですけど」

「わからんけど、そういうのって意外とあるものなんじゃないの？　バスかタクシーに乗って、石神井公園からさっさと出ていっちゃえばいいじゃん」

「乗ったんです！　石神井公園駅前からタクシーで『新宿まで』って。桃井4丁目から青梅街道へ出て、荻窪、阿佐ケ谷、高円寺、中野を通って……気がついたら、また石神井公園駅前なんですよ。バスにも乗りました。『石神井循環』だと、元へ戻るから、『荻窪行き』や『吉祥寺行き』にしました。でも、やっぱり石神井公園駅前に戻っちゃうんです。まいるよなあ」

「きみ、運ちゃんに誤魔化されたんだよ」

「そうかなあ」

「もしもし」

男は振り返った。電話ボックスを女たちが取り囲んでいた。女たちはなにかを叫んでいた。それどころか、そのうちのひとりは電話ボックスのドアを叩きはじめた。女たち。間違えた。ばあさんたちだ。ばあさんが五人。どう見ても、生まれた時からばあさんだったに違いない。そんな感じ。マクベスを囲んだ魔女だって三人だけだった。それなのに、おれは五人のばあさんに周りを囲まれている。絶体絶命。石神井公園に閉じこめられた上に、ばあさんまで背負わされるというのか。いったい、おれがなにをしたっていうの？

「すいません、もう少しですみます。たいした用事じゃないんで」

するとと、女の……いや、ばあさんの一人が電話ボックスのガラスに顔をくっつけてこういった。

「カラオケやりませんか?」

「カラオケねえ……」

男は受話器を握ったまま、ばあさんたちをじっと見た。見れば見るほどすごかった。出来るものなら、男は目をそむけていたかった。だが、あまりにひどくて視線をそらせないものがこの世にはあるのだ。男の目は涙で潤んでいた。人間はここまで醜くなれるものなのか。やっぱり、神は存在しないに違いない。男は深い絶望のためいきをついた。

「タニカワさん」

「なんだい」

「またあとで電話します。ちょっと急用ができたんです」

「いいよ。じゃあね」

男は箒を持って電話ボックスを出た。そこに、ばあさんたちがいた。ばあさんたちは全員けっこうな歳だった。正確な歳はわからなかった。ひとりはたぶん昭和生まれなんじゃないかと思う。もうひとりも昭和生まれの可能性があった。ひとりは大正か明治だった。それから、江戸時代に生まれたみたいなやつがいた。それから、なんていうのか、奈良とか平安とかそれぐらいに生まれたんじゃないかと思えるやつもいた。ふつう死んでるよな。死ぬ。間違いなく死んでる。おれにだって、それぐらいわかる。しかし、このばあさんたちのいたみようといえば、ケタ違いなんだ。死体を一回、レンジに入れてだね、それからチンしたら、こうなるんじゃないか。水っ気がぜんぜんなかった。おまけに、ヒフはシミだらけだった。もしかしたら、それは死斑というものではないのか。あんたたち、ほんとに生きてんのかね。

「わたしはね、ミキっていうの。こちらがランちゃん、スーちゃん。それから、セイコちゃんとモモエちゃん」

人生が、時々冗談そのものに見えてくることがある。

「あなた、浮気したでしょ」

「してないよ。なにいってんだよ。おれがそんなことをするように見える?」

「へえ、そう。あなた、昨日、オデオン座で『ユリシーズの瞳』を見て来たっていってたわね。気の毒だけど、オデオン座は先週から改装中なの」

「うるせえ! おれは確かに、オデオン座で『ユリシーズの瞳』を見たんだ。まあ、もしかしたら、映画館は違ってたかもしれんけど。オリオン座とかミデオン座だったかもしれん。しかしね、なんでも正確に覚えておかなきゃならんのか。ええ? 勘違いってことがあるだろ。『ユリシーズの瞳』ってタイトルもだね、間違いかもしれん。だから、なんだっていうんだ。大事なのはタイトルか? そんなつまらんことで、いちいちおれに文句をいうんじゃない！」
おれはこんな会話をするために生きてきたんじゃない。しかし、実際は、こんな会話をするために生きてるわけなんだ。
おれは東大を卒業して、大学の先生をやっている。いた。あれ？　おれの籍はまだ大学にあるのかな？　とにかく、そういうわけ。しかしね、諸君。そんなことになんの意味もありゃせんのだ。おれはもうお掃除をする以外なにもしちゃいないんだから。それから、おれは詩を書いたりもしていた。遠い昔のことだけど。
「どうもへんだ、ぼこっという音がして、おれはワープロのどこかに、はいっちまったみたいなんだけど、ファイル文書のどこにも、検索できなくて、テンキーをかけまわって疲れちゃったよ。『印字』をおしたら、ですね、
悲鳴と共にしたたる血のディスプレーと蟻、
ありありあり、今日は良い『ぴぴりび』だ。
おれのコーヒーみたいな性根と不眠のピピリビでいらいらしてよ、
検索消去の瞬間に見た地獄を実行してやれ、なんて、
気を悪くしちゃうよ、ごめん」

これって詩なのかねえ。書いた当人がいうのもなんだけど。でも、おれに会うとだね、みんな、「あなたの詩を読んでます。すごい詩だ。日本の詩を変えましたよ、あなたは」とかいうんだな。おれにいわせりゃ、あいつらはなにもわかってないんだ。手抜きをしても、他人の詩を盗んでも、ぜんぜん気づきやしない。でも、評論家とか、編集者とか、単なるファンとか、そういうやつらはまだマシな方で、いちばん気をつけなきゃいかんのは「詩人」なんだ。おれの計算じゃあ、この国には二百四十万人ぐらい詩人がいるはずだが、そのうち頭がイカレてないのはせいぜい三十人ぐらいじゃないかな。まあ、イカレてても詩がまともなのが二十人ぐらいいるとして、残りの二百三十九万九千九百五十人は、ただイカレてるだけなんだ。なんでそんな連中と付き合わなくちゃいけないんだ？ 人間はだね、もっと生産的なことをするべきだと、おれは思う。たとえば、道路をお掃除するとか。

ばあさんたちは五人いて、75歳が一人、65歳が三人、50歳が一人だった。しかし、それは当人たちの言い分に過ぎず、ほんとうのところは95歳と85歳と70歳だった。95歳がモモエで、70歳がセイコ、そして85歳トリオがミキ、ラン、スーだった。そのばあさんたちは、いつも花柄のワンピースを着ていた。95歳の旦那は30年も前に結核で死に、70歳は45

年前に一度結婚したが、嫁入りした次の日の朝に実家へ戻され、85歳トリオは全員処女だった。

ばあさんたちはそれぞれ、石神井町1丁目から7丁目の陽の当たらない4畳半のアパートに住んでいた。家賃は1万3000円から1万7000円の間だった。そんなに安いアパートがいまでもあるのだ。なにしろ、1年中1秒も陽が差しこまないので、ばあさんたちのアパートの周りの地面には北海道やカムチャッカ半島にしかない植物が生えていた。

ばあさんたちの住んでいるアパートはどれも建てられてから40年以上過ぎていた。だから、大家としては、店子が全員死んでから改築してマンションにする予定だった。大家の目論見通り、店子たちは次々と死んでいった。しかし、どのアパートにもしぶとく生き延びるやつがひとりいた。それがばあさんたちだった。そのうち大家の方が死んでしまった。根比べに負けたのだ。いや、ばあさんたちの逃げ切り勝ちだった。ばあさんたちは、テレビと小さな箪笥と卓袱台（ちゃぶだい）しかない部屋に敷きっ放しの布団に潜りこみ、一日中ぼんやりテレビを眺めていた。もちろん、身寄りはなく、電話もなかった。新聞もとってはいなかった。新聞の勧誘員たちは、ばあさんたちの部屋の前まで来ると、不思議な本能でその部屋のドアをノックするのを止めた。いやな予感がしたからだ。半年に一度、福祉事務所の係員がばあさんたちの生存を確認しにやって来た。ばあさんたちは二日に一度、三合の米を炊飯器で炊き、六回に分けて食べた。天井に張ったクモの巣ではクモが餓死していた。ばあさんたちは、夜寝入る時にはいつも、次の朝には目覚めないような気がするのだった。しかし、朝になるときちんと目が覚めた。というか、たぶんそれは朝だった。暗くてわからない。だから、テレビをつけた。NHKの放送がはじまろうとしていた。やっぱり朝だった。要するに、ばあさんたちは死からも見捨てられていた。たぶん、ばあさんたちは死なない病気だったのだ。その病気だけは治しようがないのである。

ある日、区役所から「老人無料カラオケ教室」の案内が来た。ばあさんたちは、10年ぶりに晴着を着て外出した。晴着というのは花柄のワンピースだった。35年前に買ったひまわりの柄の。ばあさんたちは教室にたどり着き、生まれて初めてカラオケにチャレンジした。

ばあさんたちは新しい歌を知らなかった。古い歌も知らなかった。知っているのは太古の歌だけだった。

「わたしたちに歌える歌なんかあるんですか?」ばあさんのひとりがいった。すると、教室の先生はニッコリ笑っていった。

「大丈夫です。いまのカラオケはおよそ3000年前の歌から揃っていますよ」

ばあさんたちは、カラオケブックを開き、自分たちが知っている歌を捜し出し、曲をセットした。イントロが流れはじめた。

「朝だ夜明けだ潮(うしお)の息吹き
うんと吸い込むあかがね色の
胸に若さの漲(みなぎ)る誇り
海の男の艦隊勤務
月月火水木金金」

「戦雲晦(くら)く　陽は落ちて
孤城に月の　影悲し
誰(た)が吹く笛か　識(し)らねども
今宵名残の　白虎隊」

1週間に一回1時間の「カラオケ教室」では物足りなかった。だから、ばあさんたちは自分の葬式用にとっておいた郵便貯金を解約して中古のレーザーカラオケのセットを買い、乳母車に積んで、各人のアパートを順番に訪ねて歌うことにした。

「船のランプを　淋しく濡らし
白い夜霧の　ながれる波上場

縞のジャケツの　マドロスさんは
パイプ喫かして
アー　タラップのぼる」

アパートの住人たちがうるさいと文句をいうので、ばあさんたちは乳母車を引いて公園まで行き、そして歌った。カラオケにはちゃんとバッテリーがついていた。

「エンジンの音　轟々と
隼は征く　雲の果て
翼に輝く　日の丸と
胸に描きし　赤鷲の
印はわれらが　戦闘機」

ばあさんたちは一晩中歌っていた。不思議なことに少しも眠くならなかった。たぶん、もう何十年分も眠ってしまったからに違いない。それにいま眠らなくても、もうすぐ永久に眠れるんだから気にすることはなかった。

「植えてうれしい　銀座の柳
江戸の名残りの　うすみどり
吹けよ春風　紅傘日傘
今日もくるくる　人通り」

公園で歌うのに飽きると、乳母車を引っぱって町内を歌いながら歩いた。そのうち、ばあさんたちはアパートに帰らなくなった。アパートでは大きな声で歌えないからだ。そして、道を歩きながら、他の人間にもカラオケを勧めた。ばあさんたちは、少なくとも15曲は歌わないと放してくれなかった。もちろん、その間に、ばあさんたちもそれぞれ少なくとも15曲は歌うのだった。いや、時には30曲か50曲は歌った。要するに、ばあさんたちはいつまでたってもカラオケから解放してくれなかった。時々、買物帰りの主婦や塾へ行く途中の中学生がばあさんたちに捕まった。中には、ばあさんたちと3週間も町内を歩き回った主婦がいた。家族から捜索願が出されてようやく保護されたその主婦は、発見された時には小学校4年以降の記憶がなくなった上に、しゃべるとみんな節がついていた。

「赤いランタン　夜霧に濡れて
ジャズがむせぶよ　埠頭(バンド)の風に

明日は出船だ　七つの海だ
別れ煙草は　ほろにがい」

雨が降ったり疲れたりすると、ばあさんたちは区役所の自転車置き場や石神井小学校の体育館の屋根の下で、少し休んだ。ほとんど寝ることはなかったが、他人の家に勝手に上がりこむことはあった。窓から、家族が揃ってテレビを見ているのを発見したからだ。なぜ、そんな無駄なことをするのか。どうして、カラオケで歌おうとしないのか。ばあさんたちには理解できなかった。だから、ばあさんたちは呼鈴を鳴らして家に入りこみ、その家の家族たちにマイクを突きつけた。

「晴れた空　そよぐ風
港出船の　ドラの音愉し
別れテープを　笑顔で切れば
希望はてない　遥かな潮路
あゝ　憧れの　ハワイ航路」

「おれにカラオケやれってわけ?」男はいった。男の目の前にはばあさんたちがいた。ばあさんというより、それは死そのものだった。

「そうよ、カラオケは楽しいわ」ばあさんのひとりがいった。

「他にも楽しいことはあるよ」男はいった。

「なにが？」ばあさんのひとりがいった。

　男は考えた。楽しいこと。ヤクルトが延長戦で巨人にサヨナラ勝ちをする。スピードくじが当たる。茶柱が立つ。嫌いな詩人が病気になる。嫌いな詩人が死ぬ。他にはなにも思いつかなかった。

「訂正するよ」男はうんざりしていった。「他には、あまり楽しいことなんかなさそうだ」

「でしょ！　だったら、カラオケにしなさい」

　ばあさんは男に曲名リストを突き出した。男はリストを摑むと、めくりはじめた。桜はあいかわらず散り続けている。おれは石神井公園に閉じこめられたままだ。おまけに話しかけてくるのは、ゾンビみたいなばあさんばかりで、電話をかけても谷川俊太郎にしか繋がらない。いったい、世界はどうなってしまったんだ？

「E－1071をお願いします」男はいった。沈黙。そして、イントロが流れ出した。男はマイクを握った。

「Get up, Get up, Get up, Get up
　Burning love」

第四章　ボスは森高

おれは事務所にいて、キャットウーマンが昼飯を持って帰って来るのを待っていた。もう1時だ。キャットウーマンがここを出たのは11時半だ。おれは電卓を出した。

11.30－1＝10.30

あれれ。

1－11.30＝－10.30

おれは電卓を放り投げた。狂ってやがる。この電卓は。計算も出来やしない。いくらなんでも、10時間半てことはないだろう。

あいつ、キャットウーマンはどこまで行ったんだ？

昨日も昼飯を頼んだら、夜になってやっと帰ってきやがった。

「ヘイ、ヘイ。なんだよ、いま何時だと思ってんだよ。9時だぜ。頼むよ、ベイビー。もう『ビートたけしのTVタックル』やってるじゃないか。『ちゅらさん』見ながら、弁当食うつもりだったのに」

「だって、『大盛りハンバーグ弁当』頼んだの、あんたじゃないの。『まごころ弁当』になかったから、捜しに行ってあげたのよ」

「で、どこまで行ったんだ？」

「武蔵関」

「西武新宿線の？」

「そうよ」

「歩いてか？」

「決まってんじゃん」

「ヘイ、ベイビー。お前、どうかしてんじゃないか。西武池袋線の石神井公園から西武新宿線の武蔵関まで歩いて弁当を買いに行ったっていうの？　どうせ行くなら、バスに乗ってきゃいいじゃないか！」

「じゃあ、あんたが自分で行けば？」

おれは怒鳴ったね。

「わかってんのか？　おれは『影の総裁』だぞ。『影の総裁』！　『影の総裁』が弁当を買いにいけるか！」

キャットウーマンは眼に涙をうっすらためていた。泣けば許してもらえると思ってやがる。

「オーケイ、オーケイ。泣くなよ、ハニー。悪かった。おれが悪かったよ。きついことい
っちゃって、ごめんな。腹が減ってて、カッときちまったんだ」
「うん。いいの。わたしの『メンチカツ弁当』のメンチ、半分あげるね」
それが昨日だ、昨日！　ベイビー、おれを飢え死にさせようっての？
おれは気をしずめるために、マンガを読むことにした。
こういう時には、『モンキー・パトロール』か『魁!!（さきがけ）クロマティ高校』かぐっと古い
ところで『はいからさんが通る』と相場が決まっている。今日は『はいからさんが通る』
の気分だった。おれは、いちばん好きな第7巻を読んだ。艱難辛苦の末に紅緒（べにお）さんと少尉
が結ばれるのだ。

「たとえ　これから
どんな
世の中に
なろうとも
この世に
人のある

かぎり……
いのちの
あるかぎり
……
愛しあって
生きていく
……」
おれはジャケットの内ポケットからハンカチを取り出して、溢れる涙を拭いた。紅緒……お前って、ほんとに可愛いやつじゃないか。惚れるぜ。
突然、バチバチという派手な音とともに目も眩むような光がビカビカと事務所を包んだ。おれは慌てて立ち上がった。
「やぶからぼうになんだ。核戦争でもおっぱじまったのか？　そんな話、聞いてねえぞ」
ものすごい臭いがした。おれがいままでに嗅いだいちばん臭い女のあそこより凄かった。おれは目ん玉をゴシゴシ腕でこすった。部屋の真ん中にとてつもなく不格好なものがいて、こっちを睨んでいた。ヨーダだ。『スター・ウォーズ』に出てくる、両生類みたいな、説教ばかりしているチビの宇宙人だ。そのヨーダがおれを睨みつけてやがった。

「わたしはだれでしょう?」ヨーダがいった。しかし、声は神田うのだった。

また、バチバチという音がして、ビカビカなにかが光った。ヨーダはいつの間にか消えていて、部屋の真ん中にいるのはゴマフアザラシの子ども、ゴマちゃんだった。

「わたしはだれでしょう?」ゴマちゃんがいった。今度の声は、ダウンタウンの松本人志だった。

また、バチバチとビカビカ。おれは慌てていった。

「ボス。冗談は止めてくださいよ」

「なんだ、わかったのか」ボスはガッカリしたようにいった。

おれのボスは不定形なんだ。わかりやすくいうと、決まった形がないわけ。いや、それについてはおれもはっきりしたことはいえない。長い付き合いなんだがな。形がないというより、そもそも存在してないってやつもいる。まあ、おれはそんなことどうだってかまわん。だけど、ふだんどうしてるんだろうな。小便する時とか。

まっそういうわけで、おれの前に姿を現す時は、なにかにならなきゃならんわけだ。

「どんな恰好がいいかね」ボスはいった。

おれは即座に答えた。考えるより先に、答えが口の中から飛び出したのだ。

「森高千里。もちろん、スカートは超ミニで」

「わかった」

部屋の真ん中に、黒のビニールレザーの超ミニスカートをはいた森高千里がいた。おれは脚を見た。

「ボス」

「なんだ」

「森高千里はパンストなんかはかないんですけど」

おれはウソをついた。かまわねえ。おれには良心なんかないのだ。

「あっ、そう」ボスはいった。

パンストが消え、森高千里の脚が剝き出しになった。おれは息を呑んだ。

「ボス、ソファにでも座ってください」

ボスというか森高千里というか、とにかくそいつは壁際のソファに腰かけ、脚を組んだ。超ミニがめくれて、超超ミニになり、脚が付け根まで見えた。すげえ。

「ドアホ」森高千里がいった。声は小沢一郎だった。

「はっ?」おれは慌てた。なにかまずいことをやっちまったのだろうか。

「ドアホだからドアホっていったんだよ、ドアホ。計画はどうなってる。ええ? お前にただ飯を食わせるために、ここへ派遣したんじゃないぞ」

おれは黙ってボスを見つめていた。別にやりこめられたからじゃない。気持ち悪くなってきたからだ。森高千里の脚に小沢一郎の声。どうなってんだ。美意識がないんじゃないだろうか、うちのボスは。

「わかってますって。着々と進行中ですよ、我がプロジェクトは」

「お前はいったいなにをやったんだ？　キャットウーマンに昼飯を買いにやらせる以外にだ」

「えーっと、いろいろです。いまはまず調査段階で」

「なんの？」

「ですから、この石神井公園という土地及び住民についてフィールド・ワークをやってるわけでして」

「お前、救いようのないアホだな。この件について、おれがなんといったか覚えてる？」

「はい。世界征服……だったと思いますけど。いや、世界に悪を……違うな、もっともっと悪を……じゃなくて、変わらなきゃ、悪も……」

森高千里は、というかボスは、ソファから立ち上がると、おれの机のところまで歩いて来た。そして、机の上に座った。森高千里の脚がおれの目の前にある。ワーオ！　森高千里の脚が磁石で、おれの視線はそれにすいつく砂鉄だった。

「お前、この仕事を何年やってる？」ボスはいった。

「さあ、4000年ぐらいかな。5000年ぐらいかも。ボス、あんまり長いことやってるんで、よく覚えちゃいませんよ」

「おれはいつも『悪！』としかいわん。何万年もずっとそうだ。なのに、お前はそれすら覚えとらん。とうてい、マジメに仕事をやっとるとは思えんな」

「ボス、ボス！　そりゃないすよ。おれみたいな働き者がいますか？　おれ、20世紀中に有給休暇を2週間しかとってないんですよ。少なくとも10年分休暇がたまってるはずですけど」

「そうかい。おれは、お前なんか消しちまってもかまわないんだぜ」

「あっ、はい。いまのはなし！　いりませんよ、休暇なんか。どうせ、家で酒呑んでるだけですから」

森高千里は、おれの耳をつかんだ。

「痛い！　ボス、痛いですよ。おれ、耳だけは弱いんです」

「よく聞け、トンマ！　今回の仕事は特別なんだ。スペシャルだ。わかるか。時空と次元をぶっ飛ばすような脅威の事件が連続して起ころうとしてるんだ。お前をなんで石神井公園くんだりまで送りこんだと思う？　アホ面して、マンガを読ませるためじゃないぞ！」

「了解！　ボス、耳が千切れちゃいます！」

森高千里は、おれの耳をつかんでいた手を放した。

「マジメに働け。おれがいいたいのはそれだけだ。それから、お前、森高千里以外では誰が好きなんだ？」

「やっぱり、吉川ひなのかなあ」おれはいった。

おれの目の前に吉川ひなのがいた。吉川ひなのがおれを見て微笑んでいる。タイトなミニのワンピースを着て、脚なんかもろ出しだ。股下が1メートルもあるそうじゃないか。おれはぶっ倒れるんじゃないかと思った。

「でも、小池栄子もけっこう……」

今度は小池栄子が部屋の真ん中に立っていた。ピンクのビキニだ。胸が砲弾みたいに突き出している。べらぼうな光景だ。確かFカップじゃなかったっけ。

「はーい」小池栄子は、というかボスはニッコリ微笑んで、おれにいった。なんと声は乙葉だった。声の方もFカップだ。一粒で二度美味しいってやつか？　おれは頬が緩むのを感じた。その瞬間、ドアが開いて、キャットウーマンが入って来た。手には弁当の包みを持っている。

「なに、これ？　わたしのいない間に女を引きずりこんだの？　信じられない！」

「ベイビー、これにはちょっとわけがあってね。こいつ、実はボスなんだよ」

「ボス？　ボスって？　よくもまあ、そんな白々しいことがいえるわね。ピンクのビキニを着た、こんな小娘がボスだっていうの？　へええ、そう。面白い冗談ね。あんた、ボスだって？」

「違います。このおじさんが、ここへ来て水着になったら、お小遣いくれるって」

おれは目の前が真っ暗になった。

「ボス！　誤解を招くような発言はやめてくださいよ。こいつに、事情を説明してもらえませんか」

「あの、お小遣いくれないんだったら、帰っていいですか。これから塾、行かなくちゃ」

「女子高生だったのお？　あんた、最低よ。わたしに弁当を買いにいかせて、自分はなにをするつもりだったの。ああ、とても想像出来ないわ！」

「勝手に想像するなってば。あのね、あいつの声をよく聞いてくれよ。姿は小池栄子だけど、声は乙葉だろ？」

おれはそういった後、すぐ後悔した。キャットウーマンはおれと違ってグラビアアイドルの区別がつかないのだ。ボス、ボス。やり方がひどすぎるぜ。

キャットウーマンは弁当の包みでおれをなぐった。包みが破けて、弁当が転がり出た。「大盛りハンバーグ弁当」だ。包みには『まごころ弁当』大泉学園店』と書いてある。隣の駅まで歩いて行ったのだ。おれは感動のあまり胸が熱くなった。

「ベイビー、おれのためにわざわざすまないな。でも、『大盛りハンバーグ弁当』がなかったら、『のり弁』でも『サービスランチ』でもいいんだぜ、おれは」

キャットウーマンは泣きながら、部屋の外へ出ていった。おれは黙って床に転がっているものを見た。缶入りの「聞茶」だ。弁当と一緒に買ってきたのだ。どうりで、さっき包みで殴られた時、痛かったわけだ。

「なかなか可愛いところがあるじゃないか」小池栄子がいった。だが、声はいつの間にか乙葉から、花田憲子に、つまり若貴兄弟の母ちゃんに変わっていた。ボス、ボス、あんた、どういうつもりなんだい？

「じゃ、行くぜ」小池栄子は、というかボスはいった。紛らわしいったらありゃしない。

「キーワードは『悪！』だ。わかったな。空前絶後の異変が起こるんだ。期待しとるよ。バイバイ」

　バチバチ。ビカビカ。おれはしばらく目を閉じていた。その間中、おれの目の中には何百万というバチバチが飛びかっていた。ボス。あのバチバチを止めてくれないと、おれ、目が見えなくなっちゃいますよ。

　気がつくと、事務所の中にはおれしかいなかった。小池栄子は、というかボスはもういなかった。おれは考えた。今度、ボスが現れたら、井川遥をリクエストしよう。それから、米倉涼子だけは止めてくれといっとかなきゃ。

　おれは、キャットウーマンの買って来た「聞茶」を飲んだ。この前までは「十六茶」というのを飲んでいた。近くのコンビニではそれしか売ってなかったのだ。その前は「鉄観音茶」しか置いてなかった。その前は、なんだっけか？　そういうのって、陰謀じゃないのかね。

「聞茶」を飲んだ後も、おれはしばらくじっとしていた。もしかしたら、ボスがまた戻って来るかもしれないから。

気がつくと夜の12時になっていた。ということはあのドンチャン騒ぎから半日経過したのだ。時間がどんどんたってゆく。年をとるわけだ。おれはよろよろと立ち上がると、テレビをつけた。「ニュースJAPAN」をやっていた。ニュースキャスターは安藤優子と木村太郎だ。どうも、おれは木村太郎が苦手だ。あいつを見ていると、叱られているような気がするからだ。そうは思わんかね？

「厚生労働省の調査では、過去10年間で、テレビを見る時間は一日あたり30分も増加しているそうです」と木村太郎がいった。

「テレビばかり見ているとバカになるというのはほんとうでしょうか」と安藤優子がいった。

「なりますよ。もうすでになってるやつがいますから」

「ああ、あの石神井公園のドアホですね」

そういうと、木村太郎と安藤優子はテレビの画面の向こうからおれを睨んだ。おれはギャッと叫ぶと、テレビを切った。ボス、ボス。あんたもそうとうしつこいね。

電話が鳴った。タイミングが良すぎる。これで、おれが電話に出たら、相手はクリントンになってるボスだったりして。おれは考えた。電話に出なかったら、どうなる？　あのバチバチ、ビカビカの１００万倍もすごいやつをやられて、消されちまうかも。おれは受話器をとった。

「ハロー、おれはクリントンだぜ。ジッパーを開けて、なめてくれ」

おれは黙っていた。

「ハロー、ハロー。おれ、クリントン、ジッパー……」

「ジョーカー、悪い冗談は止せ」おれはいった。

「お前、冗談は嫌いだったっけ？」

「お前のはな。で、なんか用かい？」

「シャドー、お前、特別任務で出張してるんだって？」

「ボスがそういったのかい？」

「もっぱらの噂さ」

「そっちはどうだい？」

「なんといっても悪はニューヨークに限るぜ。殺人・放火・レイプにカンニング、１秒だって休めないよ。お前も、そっちじゃあ、結構派手にやってんだろうなあ」

「いや、別に」

「しかし、日本じゃ悪がはびこってるっていうぜ。ＣＮＮでも毎日やってるぞ」

「あれか。でも、おれのせいじゃないよ。他のだれかか、それともやつらが勝手にやってるか、どっちかさ」

「殺人やってる?」

「いや」

「放火やレイプ、使いこみは?」

「やらんね」

「シャドー、お前、医者に診てもらった方がいいぞ」

おれは電話を切った。確かに、医者に診てもらった方がいいのかもしれん。おれはなんだかすごく疲れてる。最近、なにに対してもなげやりな気分なんだ。「悪」がどうなろうと、おれの知ったこっちゃない。そんなことより、おれは山咲千里のウェストでも見ていたい。そういう感じ。やつはウェストを細くするために、肋骨をとったっていうじゃないか。

だいたい、おれが関与しなくても「悪」はきちんと流通してるんだ。おれにいわせりゃあ、ボスは市場に介入しすぎるんだ。自由放任でいいじゃねえか。ボスが元々、社会主義者だったっていうのはほんとうかもなあ。昔は楽しかった。「悪」を一つずつ教えこんでいくのは有意義かつ充実した仕事だった。

「へイ、マーク。お前のそのでっかくなったやつを、そこに突っこんでやんな」

「あの、ぼく、ドナティアン・アルフォンス・フランソワ・ド・サドが正しい名前なんですけど」

「そんな長ったらしい名前なんか、呼べるかよ。早く、そこに突っこめってば」

「そこって、そこですか?」

「そこって、そこに決まってるだろ。バカじゃねえか、お前」

「でも……」

「でも、なんだよ、マーク。侯爵の坊や。先生は忙しいんだ。お前だけにかまっちゃいられねえんだよ」

「でも、そこは汚くない?」

「マーク。そっちの穴は排出用だからイヤなのか?」

「そういうこと」

「あのな、坊や。胸に手を当ててじっくり考えてみな。前の穴と違って、こっちは妊娠の心配もないし、具合はずっといいし、洗えば臭いなんかすぐ落ちるぜ」

「ワア!　ギャア!」

「なんだ、なんだ。びっくりさせんなよ」

「シャドー、この女の人死んでますけど」

「それがどうした。死んでようと生きてようと、突っこめば一緒じゃねえか」

「でも、シャドー。冷たいし、なんにもしゃべんないよ」

「夏はひんやりしてる方が気持ちいいんだよ。それに、坊や。お前、やりながらおしゃべりしようっての？」

「そういうわけじゃないけど……」

「さあ、行け！　マーク、前へ進め！」


あれから2000年たった。2000年かな。2億年たったといわれても、おれは驚かんよ。おれの出番なんかもうありゃしない。「悪」はもう充分はびこってる。うんざりするほど。どれが「悪」なのか、専門家のおれにもわからん。時空と次元を超えた大事件が連続して起こるって？　それがどうした。事件を起こしたいやつは勝手に起こせばいいじゃないか。なにが起ころうと、おれの知ったことかい。


ドアがそっと開いた。半分だけ。ドアの陰にキャットウーマンの姿が見えた。まだメソメソ泣いてやがる。

「なにしてんだ。入れよ」おれはいった。

キャットウーマンが中に入った。事務所の中は薄暗い。キャットウーマンは暗い。おれも暗い。おれは、立ち上がってキャットウーマンに近づき、彼女の肩にそっと手を置いた。

「お茶でも飲む？」

「うん」

これ以上考えるのは後にしよう。なにを考えるにしても。

第五章　長崎は今日も雨だった

おれはタカハシさんだ。

おれは作家だ。

おれは「正義の味方」だ。

以上の三つの文章は、みんな主語＋補語で出来ている。

いや、おれのいうことなんか気にせんでくれ。おれは思いついたことを順に書いているだけなんだから。

おれは事務所にいる。いや、これ、書斎っていうのかな。ここで、おれは小説を書いていたらしい。

「らしい」というのは、記憶がはっきりしないからだ。

うちの奥さんは「あんた、昔、小説も書いてたみたいよ」といっている。一度、スーパー「丸正」で、おれの小説を読んだとかいうやつにも会ったことがあるから、ほんとうなのかも。でも、いまは小説は書いてない……と思う。なにかを書いているのは事実なんだが。

電話が鳴る。おれは受話器をとる。

「もしもし、タカハシさんですか」

「そうみたいだな」

「原稿をお願いしたいんですが」

「いいよ。じゃ、これから振込先の口座番号をいうから」

「あの、内容聞かないんですか?」

「内容は?」

「ITバブルの崩壊と引きこもり現象の関連について、青少年のヴァーチャルリアリティ志向とからめて、原稿用紙で5枚ほど」

「わかった。手元にメモある? いいかね、振込先は……」

「他に質問はないんですか」

「ないよ。あとで、そのITなんとかとヴァーチャなんとかの説明をファックスで送ってくれ。じゃ、振込先いうから」

で、おれは、そのITなんとかについて書き、その原稿をファックスで送る。しばらくすると、たいてい銀行の口座に金が入っている。ほんとのことをいうと、その金がどこからの金なのか、おれにはわからない。ほんとうに、送った原稿に関する金なんだろうか。原稿はちゃんと着いたのだろうか。だいたい、おれは自分の書いた原稿がどうなったのかになんか興味がない。そんなことは若いやつが心配することだ。おれみたいなヴェテランになると、書いたもののことなんかどうだってよくなる。だれが読もうが知ったことかね。だれも読まなくってもかまわん。いや、実は印刷されてなかったりしてな。それでもOKだ。だいたいだね、なんで、なにかを読もうと思うのかね。

突然、部屋に見たことのない若い女が入ってきた。ヒューーッ！　美人だ。おまけに、スタイルもバッチシ。168センチ、86－58－85のDカップ。おれにはすぐわかった。おれの眼は誤魔化せない。女を見たとたんに頭の中に数字が浮かぶんだ。超能力の一種じゃないかな。

「あんた、いい男ね」女はいった。

「こりゃまた、唐突ですな」おれはいった。

「一目見ただけで気にいったわ」

「なんといったらいいのやら。で、お嬢さん、なんか用ですか」

「悩みを聞いてほしいの」

「場所間違えてない？」

「『正義の味方』事務所』ってドアに書いてあったけど」

「おっしゃる通り」

「わたし、正義が実現されてないと思うの」

「同感ですな」

「みじめな人生よ。死にたくなるの」

「おれもだよ。気が合うね。しかし、あんた、貧乏人には見えんけど」

「金持ちよ。パパはゴルフ場を七つ持ってて、サラ金の会社も経営してるわ。家は広尾で敷地が800坪で建坪は200坪、修善寺と北軽井沢とゴールドコーストに別荘があって、わたしが乗ってるのは450SLCよ。パパはアウディだけど」

「もしかして、あんた、不治の病？」

「あら、いたって健康よ。夏はボディボード、冬はスノーボード、趣味はトライアスロン。いったかしら、わたし、『JJ』でモデルやってるの。立教の2年で、19歳」

「おい、おい、あんたの悩みってなんなんだよ」

「どこにもいい男がいないの。わたしをしびれさせて、退屈な日常生活から逃れさせてくれるような」

「じゃあ、電撃ネットワークのショーを見ることだよ。あれは面白いぞ。サソリを口の中に入れたり、体中に花火をくくりつけて火をつけちゃうんだから」

「あなた、勘が鈍いのね」

「よくいわれる。おれが森厩舎の馬を買うと来ない。おれが買わないと来る。手帳を見たら、これが19回も続いてる。あんた、知ってるかい。森厩舎の馬は2回に1回は来てるんだ。つまりだ、デタラメに買っても2回に1回は当たるのに、おれは勘に従って19回も続けてはずしちまったってわけ」

「もしかして、インポ？」女はイラつきながらいった。

「いや。でも、おれは30歳ぐらいで単身赴任の夫を持っている主婦じゃなきゃ勃たないんだ。出来たら、それでカルチャーセンターの短歌教室に通ってるやつ」

女はさっさと出ていった。おれは茫然と見送った。逃した獲物は大きいかも。まあ、いいや。そんなことには慣れてる。しばらくの間、おれは女の残した甘ったるい匂いにうっとりしていた。すると、ドアが開き、また別の女が入ってきた。そして、女はいきなりおれの膝の上に乗っかった。千客万来だ。どうなってるんだ。地球最後の日なんじゃないか。考える暇もあらばこそだ。

「168－86－58－85」おれは頭に浮かんだ数字をいった。

「当りよ。すごいわね」

「どういたしまして。一つ質問させてもらえんかね」

「いいわよ」

「実は、ついさっき、あんたによく似た女に会ったばかりなんだ。知り合いかい？」

「知らないわね。他人の空似っていうんじゃない。ねえ、あんた、超セクシーね」

「そうかい。もう一つだけ質問していい？」

「いいわよ」

「年はいくつだい？」

「レディにそんなこと訊くもんじゃないわよ。でも、いいわ。あなたのこと気にいったから。30歳よ」

「主婦かい？」

「ええ」

「もしかして、夫は単身赴任？」

「そうよ。カルチャーセンターに通ってるの、短歌教室よ」

なんだか知らんが、だんだん面白くなってきた。おれの頭の中をいくつもの考えが雷鳴のように轟いた。ヤクルトの石井一久は大リーグで通用するのか。なぜ工藤は1年おきにしか活躍しないか。マルクスの書いた詩はどうしてどれもこれもメロメロの叙情詩なのか。どうして、一度もテイエムオペラオーを本命にしなかったのに、産経大阪杯では本命にしてしまったのか。そして、その日に限ってどうしてオペラオーは4着になってしまったのか。おれにもわからん。世界は謎だらけだ。

「わたし、疼いているの」おれの膝の上で「168－86－58－85」は囁いた。

「バファリンやろうか。二日酔いで頭が痛い時は、おれはいつも呑むけど。もちろん、ソルマックも」おれはいった。

「バカね。わたしが欲しいのはそれじゃないわ」

「サリドンは？　頭痛・生理痛・歯痛によく効くってさ」

「ちくしょう！」「168－86－58－85」が叫んだ。レディにあるまじき発言じゃないかね。どうも、おれはすぐ女を怒らしちまうみたいだ。

「あのな、あんた。正直にいうと、おれ、小学生が相手じゃないと勃たないんだ。それも3年生以下じゃないと」

「168－86－58－85」は無言でおれを睨みつけると、おれの膝の上から撤退をはじめ、ドアを開けて出ていった。おれは椅子に座ったままその様子を見ていた。アホみたいに。

しばらくすると、また女が入ってきた。小学生の。少なくとも恰好は。なにもいわなくたってわかる。もちろん、「168－86－58－85」だ。この事務所のドアは、サイズ86－58－85の女しか通れなくなっているらしい。おれはちょっと気の毒になった。体の表面積に対して、覆っている布の総面積が絶対的に少ないのである。スカートなんか小学生用、しかも低学年用だから、ほとんどはいてないに等しい。パンティが丸見えだ。女はおれの膝の上に乗った。

「まさか、小学生だっていうんじゃないだろうな」

「小学生よ。3年なの。もしかしたら2年だったかも。そんなことどうでもいいから、やってよ。わたしを突き刺してよ」だって。膝の上に乗っかった、身長168センチ、スリーサイズが86－58－85の小学3年生のいうセリフとしては画期的だ。『カラマゾフの兄弟』の登場人物だって、そんな洒落たことはいわん。おれはしばらく、そのデカイ小学生を膝の上に乗せていた。また、いろんな考えがバチバチ頭の中で閃いた。みのもんたは自分が司会している「おもいッきりテレビ」の中で放送している健康法を一つでも実行しているんだろうか。ロンブーの「ガサ入れ」はヤラセなんだが（どう見ても）、当のロンブーはそのことに気づいていないというのはほんとうなんだろうか（そこまでバカとは思えないが）。

「膝の上から下りてくれんか」

「なんで？」

「脚がしびれた」

その小学生はおとなしくおれの膝の上から離れて、部屋の真ん中に立った。おれはじっくりとそいつを見た。着ている服は小学生用で、体は168－86－58－85。服はそいつの体の上で死の苦悶に喘いでいた。間違っている。なにもかも。なぜ、阪神は新庄を放出したんだ？

「いろいろ考えてみたんだが」おれはあくまで冷静にいった。

「おれが好きなのは今井美樹なんだ。おれは身も心も今井美樹に捧げてる。今井美樹さえいれば生きていける。そういうわけだ。悪いけど、帰ってくんない？」

そいつは慌てて帰っていった。魂胆はお見通しだ。3分か5分したら今井美樹が現れるに決まってる。絶対だ。なんなら賭けてもいい。まあ、3分か5分てのは難しいかもしれんけど。おれはドアに鍵をかけた。もう、今井美樹も168-86-58-85も結構だ。それと、この退屈なゲームも。仮に、ほんものの今井美樹がドアを叩き、入れてちょうだいと泣き叫んでも、おれはドアを開けないつもりだ。

おれは受話器をとって番号を押した。短縮11。登録済みだ。

「もしもし」おれはいった。

「もしもし」相手は答えた。

「あんた、『影の総裁』？」

「そうだけど」

「おれ、タカハシっていうんだ」

「タカハシ？」

「ほら、『正義の味方』やってるタカハシ」

「あっ、どうもどうも。一度、ご挨拶に伺わなくちゃと思ってたんですけど」

「いや、そんなこといいんだけど。あのさ、あんたのところのキャットウーマンね」

「はい。彼女がどうかしました?」

「どうかしてるっていえば、してるかもな。彼女がね、おれを誘惑しにくるわけ。たぶん、おれを堕落させようってつもりかもしれないけど、それって無駄骨だと思うね」

「そりゃまたなんで」

「おれはもう堕落してるからだよ。おれは『正義の味方』であって『天使』じゃないんだ。わかる?」

「わかるとも。おれだって『悪の手先』ではあるけど『悪魔』じゃないものな」

「だろ、だろ?」

おれはすっかり嬉しくなった。なんて、察しがいいやつなんだ。

「あいつはまだこの仕事について時間がたってないもんで、どうも行き違いがあったようですな。ところで、あんた、彼女に変なこと吹きこまなかった?」

「変なことって?」

「さっきから、ずっと、『野性の風』を歌ってんだけど」

「今井美樹が歌ったやつだな。『漂流教室』の主題歌だろ」

「南果歩が出た映画?」

「そうそう。おれは大林宣彦が監督したやつなら『漂流教室』より『さびしんぼう』の方が好きだけど」

「おれは『時をかける少女』の方がいいな」

「『セーラー服と機関銃』は？　原田知世より薬師丸ひろ子だろ」

「でも、それ、監督は大林宣彦じゃなくて相米慎二だぜ。おい、『野性の風』はどうなったんだ？」

「あんたのキャットウーマンに伝言だ。『おれは今井美樹なんかどうでもいい。ほんとに好きなのは天童よしみなんだ。でも、プラトニックな感情だから、誤解しないように』っていってくれんか」

「いいよ」

「すまんね」

「どういたしまして」

おれは受話器を下ろした。向かいのビルで、あいつが受話器を下ろすのが見えた。実をいうと、電話なんか使わんでも、大声で話しかければ聞こえるんだが。

おれは読みかけのスポーツ新聞を開いた。

「阪神　ウエスタン・リーグ２年ぶり十度目優勝」

なるほど。

「ローズ　不発　本塁打日本記録はお預け」

なるほど。

その時だ。おれはメマイがした。難しく書くと「眩暈」というやつだ。おれの中でなにかが閃いたのだ。重要なのは、これじゃない。この裏には、特別ななにかが隠されている、のだ。おれはなにかとてつもない重要なことに近づいているような気がした。おれは全神経を集中した。もし、それがわかるとしたらいまだった。おれが集中できる時間はせいぜい3分だった。それを超えると、頭が痛くなっちまう。

おれはただ目となって新聞を見続けた。

「韓国エステ　20代美女最初からノーパン・ノーブラです

本格派の健康マッサージ＋口・69・高速S股＋最後は口内発射　指入れもＯＫ　60分１万３０００円（５７２８）××××」

「五反田脚マニア専門イメクラ美脚をＮまくり足ズリされまくり　ミニスカクラブ（３４９５）××××」

「女王様のお毛々こすりつけ、顔面騎乗、蒸れパンスト足で挟まれ、踏まれ、しゃぶら

される　〇マゾ倶楽部六本木スイート（5770）××××」

「女装自慰・女装愛撫・女装緊縛　オンナに着替えて、美女の手と口でレズ性感！　オンナの快感！　女装用具一式・入会金無料　美人魚（5824）××××」

「カウンセリングから始まる優しく卑猥な悩殺集中治療！　白衣の女医に依る『放精時間』強化治療は永遠に続けられる。入会金写真指名無料、鶯谷北口スグ　鶯谷艶女医（5824）××××」

「露出オナクラ　大好評新顔急増　美人痴女が息子拝見　相互鑑賞　美脚言葉責強制噴射神水拝受（5273）××××」

　おれはためいきをついた。おれはもっと早く気づくべきだったんだ。おれは電話をかけた。短縮11。

「もしもし」おれはいった。

「もしもし」相手は答えた。

「悪いね、さっき電話したタカハシだけど、ちょっとあれなんだが、コーヒーでも飲まないかね」

「いいよ。その前に訊きたいことがあるんだけど」

「なんだい」

「昔から疑問に思ってんだが『ちょっとあれなんだが』の『あれ』ってなにを指してるんだね？」

「知らんよ。考えたこともない。10分後に『サンメリー』の2階でいいかい？」

「いいよ」

おれは電話を切った。ちょっと「あれ」か。そういえば、「あれ」ってなんだ？　わからん。

おれは「サンメリー」で待っていた。「影の総裁」はまだ来てない。ウェイトレスが注文を取りに来た。おれは飛び上がりそうになった。「168-86-58-85」じゃないか！

「なにしてんだ、あんた。こんなところで」

「ウェイトレスのバイトよ。一昨日からはじめたの」

「さっき、おれを誘惑しに来なかった？」

「ちょうど昼休みの時間だったの。ご注文は？」

「カキフライ定食」

「サラダになさいます？　それとも、スープ？」

「サラダ」

「ドレッシングは和風、中華、サウザンとございますが」

「和風。コーヒーは食事と一緒ね」

「かしこまりました」

やつが階段を上がって来るのが見えた。「影の総裁」だ。脚をひきずってる。顔色が悪い。肝臓がイカレてるんじゃないか。やつはおれの前に腰かけた。

「あんた」おれはいった。

「ルー大柴にそっくりだっていわれない？」

「そうなんだ」やつは頭をかいた。

「仕事柄目立ちたくないんだが、この顔のせいで歩いているといつも子供がついてくる」

「あんたの噂は聞いてる」おれはいった。

「あんたは世界中に悪をばらまいてるって」

「あんたの噂も聞いてるよ」やつはいった。

「正義のために働いてるんだってな」

やつとおれは黙って見つめあった。「168－86－58－85」がやつの注文を取りに来た。カキフライ定食＋サラダ＋和風ドレッシング＋コーヒーは食事の後。

「あんた、おれの思ってた通りのやつだよ」おれはいった。

「そうかい」やつはいった。

また、おれたちは黙った。どうも会話が弾まない。どちらもシャイなんだ。仕方ない。こういう時はビジネスライクにいくしかないかも。

「最近、どうも変なんだ」おれはいった。

「なにがかね」やつは答えた。

「なにもかもさ。わかるかね。世界全部がおかしいんだ。とりわけ、この石神井公園が。そこまではわかってる。だが、それ以上がわからない」

「ふーん。なんか徴候でもあるわけ？」

おれは黙った。徴候はいくらでもある。だが、それはみんな徴候にすぎんのだ。大地震の前のちっちゃな揺れだ。おれには感じられる。だが、たいていのやつは見逃しちまう。

「実は」おれは声をひそめていった。「この頃、いつも同じ夢を見るんだ」

「おれは金ぴかの衣装を着て舞台の上にいる。舞台の上にはもう三人いて、やっぱり金ぴかの衣装を着てる。おれたちの前にはマイクがある。後ろではバンドがなにかを演奏している。そして、おれたちは歌わなきゃならん。つまり、おれたちは歌謡コーラスグループなんだ。残りの三人が誰だかわかるか？　森鷗外と夏目漱石と二葉亭四迷なんだ。そうこうするうちに、イントコが流れはじめる……」

「『長崎は今日も雨だった』だろ。リードヴォーカルは二葉亭四迷」やつは沈痛な表情でいった。

「なんで知ってるんだ！」思わず、おれは叫んだ。

「おれも同じ夢を見てるからだよ。おれ、あんたたちの後ろのバンドでベース弾いてるんだ」

　おれは呻いた。やつは凍りついたみたいにカチンカチンになって俯いている。びびってるんだ。おれもだけど。やっぱりな。どうも変だと思ってたんだ。なにかが起こってる。いいいいいいなにかが起ころうとしてる。それがなんだかわからんが。

「お待たせしました」

「１６８－86－58－85」がカキフライ定食を二つ運んで来た。おれたちは目を見合わせた。

「食おうぜ」おれはいった。

「そうだな」やつがいった。

　とりあえず、おれたちは食うことにした。考えることはいつだって出来る。しかし、冷えたカキフライは食えたもんじゃない。

第六章　銃より他に神はなし

ものすごく暑い日だった。しかも事務所のエアコンは壊れていた。だから、おれは「サンメリー」まで歩いていった。

暑い。ものすごく暑い。２行前にいったっけ。

「サンメリー」に入ると、男の店員が近づいてきた。じっとおれを見ている。ガラスみたいな目で。かわいそうな奴だ。一日中、パンばかり見ているんだろう。何年も。なにしろ「サンメリー」では、毎月、新作のパンが出る。先月は「石神井アンパン」だった。その前は「ほくほくおイモパン」か。目がガラスになるのも無理はない。

おれはプラスチックのトレイとパンつかみを握ると、カレーパンを一つずつ吟味しはじめた。もちろん、「激辛」の方を。

一つのパン皿に40個のカレーパンが置いてある。12個目まで吟味した時、男の店員がおれに近づき、耳もとで囁いた。

「いいかげんにしてください」

「それが、客に向かっていう言葉かね」

「あんた、客だっていうんですか？　毎日、パンを1個ずつ眺めては元に戻してるだけじゃないですか」

店員の立場なら、おれだってそういうだろう。だが、おれは店員じゃない。

「はっきりいえ」おれはドスを利かせた声でいった。

「ここはパンを売る店で、涼むための場所じゃないって」

店員は困った顔をした。おれも困っている。お互いさまだ。

「そうじゃないんですよ。涼んでもらっても構わないんですけど、あなたの恰好がコワイってお客様から文句が出てるんです。眼帯をして、布を体に巻きつけて歩くのは勘弁してくださいよ」

「眼帯じゃなくてアイマスクだよ。それから、布じゃなくてマントだけど」

おれをだれだと思ってる。「影の総裁」だぞ。世界に悪を散布する、邪悪の根源。O-157より遥かにコワイ、影の支配者。ロシア・マフィアとシチリア・マフィアとチャイニーズ・マフィアを掛け合わせたよりずっと悪賢い、闇の帝王。わかってんのか。その「影の総裁」様がサラリーマンみたいな服装で歩き回っちゃあカッコつかんじゃないか。

おれは心の奥でそう叫んだ。しかし、あえてそれを伝えようとは思わなかった。大物はザコとは戦わんのだ。

店員はおれの顔を見ている。レジの女店員も怯えた顔でおれを見ている。それから、買物中のババア共も。

おれはトレイを元に戻すと、黙って「サンメリー」の外へ出た。

ガーン。アヂイ、アヂイ。むっちゃくちゃ暑いなあ。地球温暖化ってほんとだと思うよ。おれは石神井銀座をよろよろ歩いた。

おれが石神井公園に来たのは去年の暮れだ。ボスが石神井公園に行けと命令したからだ。

「次の任地は、シャクジイコウエンだ」テーブルの向こうの闇の中から、ボスの声がいった。なにも見えない。声だけ。おれは赤外線暗視装置を使ってボスがどんな顔をしているのか確かめてみたいと思った。実は、もう5000年もボスの下で働いているのに、一度もほんとの顔を見たことがなかったのだ。

「見ちゃ、ダメ」ボスはいった。「赤外線も、超能力もダメ。見ちゃいかんていってるだろが」

「わかりました」おれはあっさり答えた。ボスにはかなわねえ。

「で、シャクジイコウエンですって？　ボス、なんなんですか、そこは？　おれ、てっきり、ボスニアか南イエメンへ行けっていわれるんじゃないかと思ってたんですけど。そんなところで戦争がはじまるなんて聞いたことないけどなあ」

「戦争ははじまらんな、たぶん」ボスは落ちついた声でいった。

「じゃあ、新種のウィルスですか？　それとも、すごい汚職とか」

「ふつうの町だ。日本の片隅の。小さな池と公園がある。西武池袋線沿線だそうだ」

「保育園と公民館があって、駅前にパン屋と文房具屋と花屋と弁当屋と西友があるんじゃないですか？」

「おまえ、ずいぶんものわかりがよくなったじゃないか」

「ボス。冗談は止めてくださいよ。なんで、おれみたいなヴェテランがそんなとこに行かなきゃならんのです」

「おまえは黙っておれのいうことを聞いてりゃいいんだ。わかったら、さっさとシャクジイコウエンへ飛べ！」

「ですが、ボス――」

「つべこべいうんじゃねえ。シャクジイコウエンは漢字で書くと『石神井公園』だ。助手にはキャットウーマンを連れていけ。1ヵ月ごとにレポートを送れ。交際費は節約しろ。以上」

「ボス、いったい、おれ、そこでなにすりゃいいんですか？」

「何年、おれのところで働いてるんだ、ボケ！　『悪』だろ『悪』、『悪』。他になにかやることがあるってのか？　ああん？　『悪』！　『悪』！　おれに消されたくなかったら、いますぐ出発しろ！」

　で、おれは出発して、石神井公園にたどり着いたってわけ。

　おれは事務所を開いた。もちろん、「悪の事務所」と看板をかけた。それから8ヵ月たった。おれの考えでは、石神井公園ではまだ「悪」がはびこってるとはいえん。エアコンは壊れていて、おれは「サンメリー」まで行って涼まなきゃならんし、キャットウーマンは昼飯を買いにいったままもう三日も帰ってこない。もしかしたら、与野か前橋まで行ったのかもしれない。あいつは目指す弁当が見つかるまで歩いてどこまでも行っちまうのだ。

「サンメリー」を追い出されたので、おれは「いずみ書店」へ入った。ここなら、一冊ずつ吟味していても文句はいわれない。それになぜか知らんが、店員たちはおれの恰好を見てもイヤミをいわんのだ。

　おれは「日本文学」の棚の前にたって、一冊ずつ吟味しようと思った。そして気づいた。吟味するほど本がないじゃないか。

「どうかしましたか」

「egg」と「Cawaii!」を抱えた店員がおれに訊ねた。「S Cawaii!」はどこだ？　みんな売れている雑誌だ。みんなコギャルの雑誌だ。後のふたつはコギャルが買い、最初のやつは男が買ってコギャルの写真を見ながらオナニーするのだ。

　おれは男の顔を見た。男もおれの顔を見た。

「どうしたんです？　泣いてるじゃないですか」

　おれはアイマスクの下から溢れる涙を手で拭った。

「日本文学の本がない」

「そんなことないと思うけどなあ」

「二葉亭四迷があるか？　国木田独歩は？　実篤の『真理先生』はどこにある？」

「文庫本のコーナーを捜してくれませんか。もしなかったら、在庫を確認して注文いたしますが」

　おれは「いずみ書店」を出た。涙は流れるままにしておいた。どうなってんだ、畜生。仕事ははかどらないし、最近、妙に涙もろくなっちまった。おれもヤキが回ったのか。

　おれは事務所に戻った。もしかしたら、エアコンが自発的に直ってるかもしれないから。直ってなかったら――まあ、いいや、その時はその時だ。おれは基本的にオプティミストなんだ。そうでなきゃあ、悪の手先なんかやってられない。

　おれはドアを開けた。机の向こうにだれかが座っていた。鍵をかけるのを忘れていたのだ。キャットウーマンじゃない。男だ。どこかで見た顔だ。はてな。おれは暑さで極端に思考能力の落ちた頭で考えた。

森鷗外だ。

そう思った瞬間、おれの口からポロリとこんな言葉が漏れた。

「すいません、部屋を間違えました」

そして、おれはクルリとUターンすると、さっさと部屋から逃げ出した。

ちぇっ、ちぇっ。自分がこんなに卑屈なやつだとは思わなかったぜ。

有名人を見ると、反射的に逃げちまうんだものなあ。ニューヨークのセントマークス書店の脇を歩いていたら、向こうから松田聖子が付き人と歩いて来るのが見えた。そしたら、おれの足はおれの意志とは無関係に、聖子ちゃんのいない方へ走り出した。情けない。部屋の外の廊下で、おれは思いきり深呼吸した。

待てよ。あんまり急だったんで、1・5秒ぐらいしか見なかったからな。もしかしたら、勘違いってこともある。

おれは鍵穴から覗きこんだ。そいつは座ってこっちを向いていた。

やっぱり、森鷗外だ！　間違いない。本名が森林太郎で、軍医総監までやり、ドイツ女をふった、あの森鷗外だ。

おれはドアを開けた。やつはおれを見て、ニヤリと笑った。

「ジャック、ニューヨークの夏は暑いらしいぜ」

「石神井公園も十分暑いね。それから、その『ジャック』ってのなんだ？　ええ？　おれはジャックなんかじゃないぜ」

「わかってるさ。あんたは『影の総裁』だ。だが、『影の総裁』って呼びにくくないかい？　『おい、影の総裁、1000円貸してくれ』『おい、影の総裁、ダービーはなにを買うつもりだ？』『おい、影の総裁、どこ行くんだよ。ションベンなら、おれも付き合うぜ』なっ？　変だろ。だから、ジャックにしたんだ。文句あるか？」

おれは頸をひねった。どう返事をしたものやら。どうも、おれ、あがってるみたい。まあ、森鷗外の前に出たら、だれだってあがると思うけど。

「あんたが、おれのことをジャックと呼びたいなら、おれはかまわんよ。でも、いっとくとだね、友だちは『シャドー』って呼んでくれるし、それから『総裁』と呼ばれることもある。ジャックって呼ばれたことは、残念ながらないね」

「わかったよ、ヘル・シャッテン」

「なに？　ヘル・シャッテン？」

「あんたはシャドーと呼ばれたいんだろ。生憎だが、おれは英語は好かんのだ。シャドーはドイツ語でシャッテンっていうんだよ」

「あんたがいうんだから、そうなんだろう。で、あんた、おれになんか用？」

森鷗外は、机の上に一枚の紙を広げた。破れて、くちゃくちゃになった薄汚いビラだった。ビラにはこんなことが書いてあった。

「急募！

悪人大募集！　高給優遇！

『影の総裁』が人材を求めています！


悪いことに興味のある65歳以上の方、大歓迎。

詳しくは、説明会にて。

12月12日（火）午後1時　場所 石神井公民館」


「このビラがどうかしたのか？」

森鷗外は黙って次の書類を机の上に載せた。履歴書だ。おれは、森鷗外の履歴書を手にとった。

「あんた、カラオケが趣味だったんだ。知らなかったよ」

森鷗外は黙ってうなずいた。

「得意な曲は？」

「シャ乱Qかな。『ズルい女』とか。ミスチルも歌うけど」

「ふーん。新しいのか古いのか、微妙なところだな」

　おれは履歴書を持ったまま、壁際のソファに座った。筆ペンで書いてある。おまけに旧字旧カナだ。森鷗外直筆の履歴書だぜ。これをテレビ東京12チャンネルの「開運！なんでも鑑定団」に持っていったら、いくらの鑑定値がつくだろう。おれは身震いした。

「あんた」おれはいった。

「なんだね」森鷗外は鷹揚に答えた。

「履歴書、他に何枚か持ってない？」

「持ち合わせはそれしかないよ」

「じゃあ、後で色紙にサインしてくれるかね？」

「お安い御用さ」

　おれは思わず笑みをこぼした。やっと、運が向いてきたらしい。石神井公園に来てから、なにもいいことがなかった。労多くして益少なしだ。おれみたいにマジメに働いている者がバカを見るなんて絶対間違ってる。神さまはおれを決してお見捨てにならなかったんだ。森鷗外だぜ。それも死んだやつじゃない。死んで本の中でかしこまってるやつなんかなんの使い道もない。儲かるのは古本屋と学者だけで、おれのところにはなんにも回ってこない。やつらは、屋根裏とか埃だらけの行李とかを調べて、古証文なんか見つけて悦にいってるだけじゃないか。ところがだ。おれの3メートルほど前には、現役の森鷗外がいる。「現役」だぜ。色紙だって書き放題。いや、おれがマネージャーになって、森鷗外にバシバシ新作を書かしてやるってのはどうだ。『新舞姫』とか。『続高瀬舟』。いいね、いいね。

おれはすっかり夢見心地になっていた。宝の山が向こうから舞いこんできたんだ。のぼせ上がるなという方が無理じゃないか。

森鷗外は、注意を促すようにコホンと一つ咳をした。

「どうだね」

「どうもこうも。おれの知ってる限り、あんたは最高の作家だよ」

「そうじゃないよ。おれを雇ってくれるかってことだよ」

「なんだってえ?」

おれは、口を半開きにしたまま、森鷗外の顔を見つめた。

「マジかよ?」

森鷗外はさっきのビラをもう一度広げ、おれの目の前に掲げて見せた。

「これは募集広告だな?」

「そうだよ。でも、半年以上前だぜ。いったい、どこでそんなもの拾ってきたんだね?」

「おれは昔から悪いことに興味があったんだ」

「まあ、たいていの人間はそうだと思うけど」

「おまけに65歳以上だ。そうだろ？」

おれは森鷗外がいつ生まれたか思い出そうとした。日清戦争や日露戦争の前であることは確かだ。江戸時代だったっけ？　明治になってから？　とにかく、100歳を超えてることだけは間違いない。おれは黙ってうなずいた。

「そういう人材を、あんたは求めている。そうだな？」

おれは肩をすくめた。なんだか妙なことになってきた。

「つまり、あんたはおれに雇われたい。悪人として。そう？」

今度は、森鷗外がうなずく番だった。

「ヘイ、ヘイ。あんた、自分がなにというか、だれだか知ってんのかい。あんたに働いてもらうのは、名誉この上ないことだけど、才能の活かしどころを間違ってんじゃないのか」

「おれになにをやれっていうの？」

「小説を書くとか、エッセイを書くとか。あんた、きっと引っ張りだこになるよ。いま、古いの流行ってっから」

「おれは足を洗ったんだよ。そういうややこしいものとは」

「あんたの気持ちもわからんことはないけどさ。しかし、おれのところで働かなくても、あんたぐらいの学歴とキャリアがあったら、もっといい仕事があると思うけど」

「年齢制限にひっかかるんだよ。国民年金にも健康保険にも入ってないし、おれ、住民届さえ出してないんだ。まともな職につけるわけないじゃん」

「その割にはちゃんとした恰好してるじゃないか」

森鷗外は立ち上がると、おれのところまで来て、耳もとで囁いた。

「えええっ？　時々、アメリカまで出かけてヤクを密輸して来るって？　おい、おい、あんた、住民届も出してないんだろ。どうやって、出国カウンターから出られるんだ」

森鷗外は胸ポケットからパスポートを出した。青い表紙の小さいやつ。新型だ。おれはパスポートをチェックした。軍服を着て、立派な髭を生やしている。明治の作家には叡智というものがあった。そうだな、シャドー？

「フィリピンで偽造したパスポートだよ。これのおかげで食いつないでるわけ」

「じゃあ、それをやってりゃいいじゃないか」

「最近、出国カウンターの職員の眼が厳しいんだ。おれのパスポートをじろじろ眺めて、『きみ、100歳を超えてるように見えんけど、整形したのか』とか『どうも、見覚えがあるんだけど、有名人？』とか訊かれるのさ。ヤバイ橋は渡りたくないんだ」

「で、おれのところで働きたいの？」

「んだよ。ヘル・シャッテン」

森鷗外の仕事の世話をするはめになるなんてな。どうしたものやら。まさか、森鷗外をホームレスにするわけにもいかんし。

「オーケー」おれはいった。まあ、なんとかなるだろう。なんともならなくたって、おれのせいじゃない。

「今日から働くかい？」

「もちろん」

「じゃあ、仕事の説明をするからね。よく聞いてください。いちおう、仕事は朝9時半から5時まで。この事務所には9時頃、一回顔を出すこと。そしたら、キャットウーマンがいるから、出勤簿にスタンプを押してもらう。キャットウーマンがいない時はおれがスタンプを押す。あんたの受け持ちは石神井町1丁目から6丁目まで。昼休みは各自、自由にとっていい。夕方になったら、事務所に戻って、またスタンプを押してもらい、その日の成果を報告する。給料は出来高制で、25日〆の翌月10日払い。わかった？」

「わかったよ、ヘル・シャッテン。で、おれはなにをやればいいのかな？」

「悪いことさ。それ自体が悪いことをする。だれかをそそのかして悪の道に引きずりこむ。いままでは悪いとは思われなかったことを、実は悪いことだったと証明してみせる。その他いろいろ」

森鷗外はすっくと立ち上がった。

「わかった。じゃ、ちょっと行ってくる」

「ほんとに、わかったの？　いまの説明で」

「わかるさ。説明しすぎなぐらいだよ。行ってやるべきことをやって来るわ」

おれは慌てて、こういった。

「あんた、500円持ってない？　後で返すから」

森鷗外はズボンの後ろポケットから財布を出した。

「1000円でいい？　細かいのないんだ」

「いい、いい。サンキュー。助かるよ。あの、わかんないことがあったら電話して」

「あいよ。じゃあ、ちょっと悪いことしに行ってきます」

森鷗外が出ていった。悪いことをしに。おれはなんだか疲れ果てて、さっきまで森鷗外が座っていた椅子にへたりこんだ。シャドー、あんた、夢でも見てんじゃないの？　おれは手の中の1000円札を見た。机の上のビラを見た。そして、森鷗外直筆の履歴書。ということは、夢じゃなかったってわけだ。世の中、信じられんことが起きる。おれは威勢よく立ち上がると、「サンメリー」へ向かった。今度は、店員になにもいわせんぞ。

「サンメリー」の2階でAランチ、アイスコーヒー付きを食べると、おれは事務所に戻った。ドアを開けると、机の向こうにだれかが座っている。また、鍵をかけるのを忘れちまった！　男だ。キャットウーマンじゃない。森鷗外でもない。しかし、どこかで見た顔だ。おれにはすぐわかった。おれはためいきをついた。

夏目漱石！　今度は夏目漱石だってよ。

おいおい、冗談もいい加減にしてくれないか。おれになんの恨みがあるというんだ。ボスに送るリポートを書かなきゃならんし、事務所の家賃の支払いも迫ってる。勝負馬券は写真判定で1着・3着、どうしていったん抜いた馬に抜き返されるんだ、バカ。

おれはツカツカと夏目漱石に近づくと、拳で机を叩いた。

「てめえ、だれにことわって、そこに座ってんだ。ええ？」

夏目漱石は、いきなりピストルをおれにつきつけた。ガチャッ。安全装置がはずれる音が聞こえた。おれはチョー焦った。そんなのありかよ。

「チンピラ。もう一回いってみろ。頭を吹っ飛ばされたいか？」

「いいえ。どうぞ、そこにお座りになっていてください。それとも、こっちのソファにします？」

「ここでいいよ」

夏目漱石は座ったまま、銃口をおれに向けている。さて、どうしたものか。

「質問していいですか？」おれはていねいな口調でいった。

「どんな」

「あなた、夏目漱石でしょ？」

「そうだよ。それがどうした」

「いや、ちょっと確認したかっただけで」

夏目漱石は右手で銃を握ったまま、左手でポケットから写真を取り出した。

「この顔に見覚えがないか？　正直にいうんだ。さもないと」

「いいます、いいます、正直にいいますから、そのピストルを下ろしてくださいよ！」

おれは写真を見た。なんだ。

「どうやら知ってそうな顔だな」

「知ってるもなにも、1時間ぐらい前に、あなたが座ってるその席に座ってましたけど」

「じゃあ、ここへ来たんだな？」

「ええ」

「なにしに来たんだ、やつは」

「ここで雇ってくれって」

「それで雇ったのか？」

「はい」

「おまえなあ、来たらだれでも雇うわけ？　あいつがだれだか知って雇ったの？」

「いやあ、こちらとしてもですね、他にもっといい職があるんじゃないですかと申し上げたんですけど。なにしろ、どうしてもやりたいとおっしゃるもので」

「で、やつはいま、どこにいる？」

「仕事に行ってます。5時頃には帰って来ると思いますけど」

夏目漱石は、ポケットから今度は紙を取り出した。

「おれの携帯の番号だ。後で、やつの様子を知らせてくれ。住んでるところとか、なにか妙なことをいってなかったかとか。おれがここに来たことは秘密だ。わかったな。もししゃべったら……」

夏目漱石は銃口をおれの耳の中に突っこんだ。

「いいません！　いいません！　止してください！　ああ、もう、勘弁して！」

夏目漱石は立ち上がった。

「じゃあな」

「一つ、質問していいですか」

「手短にな」

「あなたと森鷗外の関係はどうなってんです？　あいつが金を使いこんで、あなたが追っかけてる。それとも、あいつがあなたの情婦を……」

夏目漱石はいきなり銃口をおれの口に突っこんだ。なんて気が短いんだ、こいつ。胃が悪かったっていうから、無理もないかもしれんけど。

「詮索するんじゃない。おまえには関係ないことだ。下手に首を突っこむと……」

「はいはいはい、わかった。よーく、わかりました。もう、なにも訊きません。一生。ほんとですよ。お願いだから、その物騒なやつを下げてください！」

おれは以上のことをいった。しかし、銃口をくわえているものだから、なにをいってるのかおれにもわからなかった。

夏目漱石は後ろ向きに歩いてドアまで行き、そして部屋から出ていった。

おれはしばらく棒みたいに突っ立っていた。もう夏目漱石が戻って来ないとわかると、おれは倒れるように椅子にへたりこんだ。なにがなにやら。どう考えればいいのか、おれにはさっぱりわからなかった。おれは机の引出しを開けた。１００円玉が2個あった。そしてポケットにはAランチの残りの２００円。「カフェクチュール」でアイスコーヒーでも飲んでこよう。おれは立ち上がると、部屋を出た。今度は鍵をかけた。もう、森鷗外も夏目漱石もこりごりだ。

第七章　火星人襲来

その日は日曜日で、石神井町はとてもいい天気でした。だから、公園は観光客で一杯で、藤井貞和さんは朝から掃除でたいへんでした。けれど、いくら掃除をしても、観光客たちが次々に空き缶やマクドナルドの空き袋を捨てるので、藤井さんはすっかり疲れ果ててしまい、箒によりかかってためいきばかりついていました。タカハシさん一家は昼過ぎまで寝ていました。「影の総裁」もキャットウーマンも、今日はお休みなので、アパートで寝ていました。「影の総裁」は世界征服の夢を見ていました。世界はどこもかしこも悪で一杯、まるで花園のようです。思わず、「影の総裁」は「ブラヴォー」と夢の中で叫んだぐらいでした。すると、悪の反対勢力、すなわち「善」の侵入を示す警戒警報が鳴り響きました。ハッとして「影の総裁」は目を覚ましました。メールの着信音だったのです。「影の総裁」はメールをチェックしました。いやな予感がしました。最近、やたらと迷惑メールが多いのです。「キュウジツシュッキンシテモカマワヌカ? オウガイ」。なんだ、鷗外か。迷惑メールみたいなもんだ。「影の総裁」は携帯をマナーモードに切り替えました。その途端、携帯が激しく震動しはじめました。ヴァイブレーター機能が働いたのです。またメールでした。うんざりしながら、「影の総裁」はチェックしました。「キュウジツシュッキンノワリマシテアテハイクラカ？　ソウセキ」。うるせえ。こんなにうるさい連中だと知っていたら、ふたりとも雇わなかったのに。「影の総裁」は携帯の電源をOFFにすると部屋の隅に放り投げ、頭から布団をかぶり、さっきの夢の続きを見ることにしました。

その頃、地球から遥か100万キロも離れた宇宙空間にUFOの大編隊が集結していました。その数はざっと一千万、数え方によって一億ぐらいあったかもしれません。もちろん、みんな地球を侵略しにやって来たのです。そのUFO編隊の真ん中に浮かんでいた超巨大母艦の中では、折しも、作戦会議が開かれていました。出席していたのは、火星人、金星人、土星人、アルクトゥールス星人、ベテルギウス星人、それぞれの代表たちでした。

「さて、お集まりのみなさん」口火を切ったのは火星人でした。火星人はピシッとした三つ揃いのスーツを着て、髪の毛をきれいにヘアリキッドで撫でつけていました。これで、ノートパソコンを持たせて新幹線に乗せたら、一部上場企業のサラリーマンと区別がつきません。

「いよいよ、一大決戦の時がやってまいりました」

「なんとか穏便にすますことはできんのですか」と金星人がいいました。

金星人は小さく、しかもピカピカ光る生物ですが、その姿をはっきり見たものはどこにもいません。たいへん恥ずかしがり屋なので、いつもごみ箱の蓋のようなものを持ち歩いていて、それを自分の前に置いて姿を隠してしまうからです。それに金星人はもともとたいへん平和的でもありました。ですから、どうして今回の侵略作戦に参加したのか、当の金星人たちにもよくわかりませんでした。

「もう、遅いですよ。ここまで来たんだから。手ぶらじゃ帰れんですよ。燃料代だってバカにならんし」

火星人はイライラしながらいいました。火星人はたいへん素直な生き物なので、蓋の陰に隠れて手の先しか見せないような生き物を見ているとムカムカしてくるのです。

「そういうわけで、頂上アタックの日時は明午後0時としたいのですが」

「頂上アタック？　なに、それ？」土星人がいいました。

ところで、土星人ですが、それはそれはたいへん奇怪な姿をしていました。地球上でいちばん似ているとしたら、プレイリードッグでしょうか。それぐらい不思議な恰好だったといえばわかっていただけるでしょうか。そのプレイリードッグをマンモスほどの大きさに拡大し、首を身長分だけ伸ばしてみます。概略はそんな感じです。目は大きさがバラバラなやつが20数個、体のあちこちにあって、腕というか脚というかそういう役目のやつも七本程ついていますが、不思議なことに口はありません。その代わりに、会話はパラボラアンテナみたいに大きく発達して自由自在に動く耳（じゃないかと思いますが）で空気を震動させておこなうのです。

「単なる比喩ですよ。その方がカッコいいでしょう?」

「そういうもんですかね」

もちろん、火星人は耳をバタバタさせてしゃべる土星人もキライでした。こいつ、アホじゃないかと心の中では思っていたのです。

「ご異議はございませんね」

会議室の中には、火星人、金星人、土星人以外に、アルクトゥールス星人とベテルギウス星人がいたことはいいましたね。この宇宙人たちは、厳密にいうと代理出席でした。というのも、太陽系の人たちとは組成やらなにやらが根本的に違うので、同席するのがたいへん難しいのです。アルクトゥールス星人は、作戦会議の度に、彼らの母船からホログラムの映像を送ってきていました。そのホログラムの映像は、赤や紫やショッキングピンクの無数の水玉でできていて、その色が変わったり、水玉があちこち移動してなにかの形になったりするのです。

「もう一度いいますけど、頂上アタック……じゃなく、総攻撃は明午後0時でいいですか、みなさん」

するると、ホログラムの水玉はいっせいに青に変わったばかりか、賛意を表するために大きな○の形になりました。火星人は我が意を得たりとばかり大きくうなずきました。

「ところでねえ、きみ」

火星人は金星人に小声でいいました。

「あの水玉なんだが、あれはアルクトゥールス星人そのものなんですかね。それとも、彼らの意志を伝達するためのなにかなんでしょうかね」

「知りません」

金星人の声が蓋の向こうから聞こえました。火星人は歩いていってその蓋を剝がしてやろうかと一瞬考えました。しかし、それで侵略軍の結束が乱れてはなにもなりません。

問題はベテルギウス星人でした。彼らは、火星人たちの要望に応えて、数百万のＵＦＯ編隊を送ってよこしました。そして、作戦会議の場所と日時を連絡すると、毎回必ず物質伝送機で不透明なペットボトルみたいなものを送ってくるのです。火星人はこのペットボトルにいろいろ話しかけてみましたが、なんの反応もありません。いくらなんでも、それがベテルギウス星人とは考えられません。もしかしたら、この中にベテルギウス星人が入っているのだろうか。そう思った火星人は、そのペットボトルの蓋を開けてみることも考えてみたのですが、向こうの意志を確かめるまではそんな無遠慮なことはできないと、それだけは思い留まったのでした。そういえば一度だけ、だれかがベテルギウス星人の送ってきたペットボトルを、ウーロン茶のペットボトルと間違えて冷蔵庫に入れてしまったことがありました。三日たって、会議が終わった時、ベテルギウス星人（というか、彼らが送ってきたペットボトル）がいないことに気づいて、全員で船内を捜索して、ようやくそのペットボトルを発見したのです。けれど、ベテルギウス星人からは特に抗議などはなかったようでした。

「それでは」火星人は会議室を見回しながらいいました。「ご異議はないようですので、全会一致で、総攻撃の日時は、明午後0時と決しました」

そういうわけで、火星人たちは地球を総攻撃することに決定しました。金星人は蓋の陰からこっそり、土星人は大きな耳を打ち振って、それからアルクトゥールス星人たちは水玉を七色に変化させて、それぞれ賛意を現しました。ベテルギウス星人たちが派遣したペットボトルは例によってなんの反応も示しませんでした。しかし、火星人が「これにて、会議は終わります。ご苦労さまでした」というと、アルクトゥールス星人と一緒に消えてしまったところから見ると、なにが起こったかはわかっていたのではないでしょうか。あとで文句をいったって通らないよ。火星人はそう思いました。

さて、火星人たちの作戦というのは、こうでした。

まず、地球上でもっとも重要な地点を一気に攻略する。そうすれば、地球人はショック状態になり、戦意を喪失するに違いない。そうすれば、火星人たちの被害も最小ですみます。最近では、火星人たちの戦略も変化したのです。あまり被害が多いと、折角侵略に成功しても、裁判で損害賠償を請求されたり、亡くなった兵士たちの家族から慰謝料の訴えを出されたりするんです。ですから、火星人たちとしても、効果的な方法を考え出さざるを得なかったというわけです。

火星人たちが調査した結果、地球上でもっとも重要な地点は、国連があるニューヨークと、同潤会アパートとラフォーレ原宿のある原宿と、石神井町でした。そのうち、もっとも警護が手薄で住民が馬鹿なのが石神井町でした。

となれば、だれだって石神井町を攻め落とそうとするでしょう。

火星人たちはまず、石神井町の住民に対して一斉にファックスを送信しました。

「石神井町町民のみなさん。いかがお過ごしでしょうか。

わたしたちは火星人を中心とした宇宙連合軍です。いまは、地球から１００万キロほど離れた宇宙にただよっています。

さて、この度、諸般の事情により、地球を総攻撃することになりました。

つきましては、みなさまにもご迷惑をおかけすることになると思いますが、なにぶんご容赦のほどお願いいたします」

ファックスは区役所には何十枚も届きました。けれど、お休みだったので、ファックスを見てくれる職員はいませんでした。駅前の交番にもファックスは届きました。しかし、こちらはお巡りさんがファックス用紙がなくなっているのに気づいていなかったので空振りでした。

タカハシさんのところにもファックスは届きました。けれど、原稿の催促ではなかったので、タカハシさんはそのまま破いて捨ててしまいました。

火星人たちのファックスを真剣に読んだのは、たぶんタカハシさんの娘のマリリンとぬいぐるみのキクチシンキチだけでしょう。

「どうしましょう」マリリンは心配そうにいいました。

「地球が征服されちゃうわ」

「あまり心配することはないと思いますよ」キクチシンキチは思慮深そうにいいました。

「だって、火星人たちってすごく強いんじゃないの?」

「いやいや、確かに火星人たちは発達した科学力を持っていますが、それだけでは相手を完全にやっつけることはできませんよ。いいですか、マリリン。だって、あの連中はいままでだって何度も地球を征服しようとしていつも失敗してきたんですから」

「ほんと? そんな話、わたし、聞いたことないわ」

「ぬいぐるみならだれでも知ってますよ。どうして人間が知らないかというとですね、火星人たちは侵略に失敗しては、その度に記憶を地球人から抹殺してきたからなんですね」

マリリンはキクチシンキチと話をしながらリビングまで行きました。すると、おとうさんのタカハシさんと見知らぬ男の人がリビングの机で向かい合って座っていました。でも、よく見ると、タカハシさんはただ座っているのではなく、カチカチに固まって息もしていないのです。マリリンはタカハシさんに触ってみました。

「あれえ?」マリリンは不思議そうにいいました。

「おとうさんを、こんな風にしちゃったのはあなたなんですか?」

「ご免なさいねえ、お嬢ちゃん。おじさんとしても、手荒な真似はしたくなかったんですけどね。でも、心配しなくてもかまわないですよ、おとうさんの周りの時間をちょっと固めてあるだけですからね。おとうさんはちっとも苦しくないと思いますよ」

「ちょっと聞いてもかまわないですか」

「どうぞ、どうぞ」

「おじさん、だれなんですか」

「火星人だと思ってもらえるとうれしいですねえ」

「へえ。でも、火星人ぽくないですね」

「どっちかっていうと、サラリーマンみたいに見えるでしょ。それが悩みなんですよね。侵略しにいっても、マジメに受け取ってもらえないことが多くて、困るんですよ。でもねえ、お嬢さん、火星人は元々こういう姿なんだからどうしようもないですよ」

「わたし、火星人って、タコのお化けみたいな恰好かと思ってたわ」

「ああ、あれですね。ウェルズの『火星人襲来』でしょう。あの件は、おじさんたち火星人には苦い思い出なんですよ。地球人はみんな作り話だと思ってるけれど、ほんとうにおじさんたち火星人は地球を侵略するために一斉に侵入したんですよ。ところが、この恰好じゃありませんか。会社員だと思われちゃって、無視されたんですね。敵として認識してくれないと戦うことも出来ないんですよ。アフリカとか、パプアニューギニアとか、そういう発展途上国へ行った仲間もいたんですけど、やっぱりこの恰好のせいで、白人と間違えられて食われちゃったそうですよ。あまりいいたくないんですけど、そういうわけで、おじさんたちの仲間は逃げ帰ったんですね。その時、地球人のみなさんの記憶の一部をいじったんです。いくらなんでも、サラリーマンの恰好をした宇宙人として記憶されたくはないですからねえ」

「で、懲りずにまた、地球を侵略しに来たんですか」

「簡単にいうとそうですね。ほんとに申し訳ないと思ってるんです。おじさんたちだって、できれば侵略なんかしたくないんですよ。お嬢さんは、火星がどんなところか知らないでしょう？　とにかく狭くて、汚いし、働く場所だってないんです。いちばん近いクラブだって三日ぐらいかかるし、近所にコンビニなんかありません。火星人の大半は、一日中、自分の家の玄関の前に座ってなにかいいことがないかなあと呟いているだけなんですから。これで、知能が低ければ問題はないんですけど、銀河系でも1、2を争う優秀な頭脳を持っているというところが悲劇なんですよ。暇だから、仕方なく、望遠鏡を地球に向けるでしょう。そしたら、当然、トム・クルーズとニコール・キッドマンが離婚したのも、「モーニング娘。」に新メンバーが四人加わって十三人になったのもわかるわけです。そういうのを年中見せつけられてるんですから、おじさんたち火星人が、ちょっと地球を侵略して、いい目に会おうと思っても罰は当たらないと思うんですけどねえ。まあ、そういう話が金星人や土星人たちと話しているうちに出ましてね、同じような悩みを抱えている者同士、協力し合っていこうということで、今回の決起になったわけですよ。おわかり願えたでしょうか」

「あまりわかりたくないわ」マリリンはそういいました。「だって、だれだって虐殺されたくはないに決まってるじゃありませんか」

「どうも、誤解があるようですね」火星人は落ちついた様子でいいました。「おじさんたちは、殺人光線を発射したり、中性子爆弾を破裂させたりするような野蛮なことはしませんよ。地球人じゃないんですからね。きみ、そうでしょう?」

火星人はマリリンではなく、じっと黙ってマリリンに抱かれていたぬいぐるみのキクチシンキチに向かっていいました。

「死んだふりをしなくたって、地球でいちばん高等な生き物がぬいぐるみだってことは、銀河系では有名ですよ」

キクチシンキチは大きなためいきをつきました。

「やれやれ。このお嬢さんに危害を加えたら、ぼくが許さないからな」

「だから、おじさんたちは、そんなことはしないっていってるでしょう。心配だったら、ちょっと町内を歩いて確かめてみてくださいよ」

マリリンとキクチシンキチは、火星人をリビングに残したまま外へ出ました。別に変わった様子はありません。マリリンたちが石神井池の縁を歩いていると、藤井貞和さんに会いました。藤井さんは「セブン-イレブン」の袋を膝の上に置き、ベンチに座っていました。そして、袋の中からオニギリを取り出すと、包装紙を破いて道路に放り投げました。よく見ると、藤井さんの足元はポテトチップの空き袋や「紅茶花伝」の空き缶で一杯です。「藤井さん、もうお掃除はしないんですか」

「なんでお掃除なんかしなきゃならんのです。いくら掃いたって、すぐにだれかがゴミを落としていくじゃないですか」

マリリンとキクチシンキチはそのまま歩いて駅前まで行きました。すると、駅前のロータリーでは、「影の総裁」とキャットウーマンが並んで、署名を集め募金活動をしていました。

「家に戻れない三宅島の人々に愛の手を！」

駅の階段を、脚の悪いおばあさんの乗った車椅子を両側から持って、森鷗外と夏目漱石がゆっくりと降りてきます。マリリンとキクチシンキチは顔を見合せました。状況は悪化の一途をたどっているようです。いったいどんな手段を使って、火星人たちは石神井町に住む人々の心を荒らしてしまったのでしょう。マリリンたちはすごすごと家に帰りました。

リビングに入ると、火星人が携帯電話でだれかと話しているところでした。

「困ったなあ。それじゃあ、仕方ないですね。はいはい。じゃあ、後で」

火星人は話し終わると、マリリンたちの方を見ました。

「やあ、きみたち。名残り惜しいけど、おじさんは帰らなきゃならなくなったんだ」

「侵略の方はどうなっちゃうんですか？　いま、町内を見てきましたけど、おじさんたちの作戦は完璧に成功していましたよ」あまりに急な展開にとまどいながら、マリリンは訊ねました。

「うーん。おじさんたちの方はうまくいってたんだけれど、相棒が失敗しちゃったみたいなんですね。そういうわけですから、今回は帰りますね」

火星人は鞄を手に持つと立ち上がりました。

「あの、おとうさんは大丈夫かしら？」

「ああ、心配ありませんよ。あと30分もしたら、動けるようになりますから。それじゃあ、また今度」

マリリンとキクチシンキチはタカハシさんが解凍されるのを待っていました。30分ぐらい経った頃、固まっていた顔が泣くような笑うような妙な表情に変わったかと思うと、いきなり、タカハシさんはクシャミをしました。

「ああ、なんだかおかしな夢でも見ていたみたいだなあ」

さて、火星人以外の宇宙人にどんな異変が起きたのでしょう。

まず、金星人たちですが、彼らは石神井町に到着すると、全員カラオケボックスに集合しました。カラオケボックスは、窓のない作りといい、部屋中に満ちている騒音といい、金星人たちの故郷の住居に非常に似ていたのです。金星人たちは、たまたま隣のカラオケボックスにいた森毅さんや関川夏央さんと仲良くなりデュエットをしたりもしました。もちろん、それは相手を油断させる金星人の戦略でした。そして、森さんと関川さんが5曲ずつ歌い終わった頃、侵略用に開発した特殊な銃で森さんたちを撃ったのです。すると、森さんや関川さんは、歌を忘れて難解な数学や明治時代の文学の話ばかりしはじめたのでした。たちまちカラオケボックスはシラけた雰囲気になってしまいました。もうお終いです。金星人たちがいちばん苦手にしていたのは、シラけることだったのです。金星人はひどく狼狽しました。こんなシラけた星を侵略してどうなるんだ。金星人たちは思いました。生きているのがイヤになる。そこで、金星人たちは森さんと関川さんを元に戻すと、みんなで朝までカラオケをし、石神井町から永遠に去ったのです。

土星人の乗った宇宙船団は大気圏突入寸前で急ブレーキをかけました。土星人の敏感な耳が「なにか」を察知したのです。とにかく、土星人たちは勘だけはすごく発達していたのです。

「ヤバイぜ」土星人のひとりがいいました。

「マジ、ヤバ」別の土星人がいいました。

それだけで充分でした。土星人たちは、一人(一匹?)がなにかを理解すると、たちまち全員にその認識が伝わるのです。だから、土星人には携帯電話もeメールも必要ないわけです。とにかく、土星人たちは石神井町に近づかない方がいいとわかったのです。土星人たちはそのままUターンすると、火星人たちには無断でさっさと土星に帰ってしまいました。残念ながらアルクトゥールス星人やベテルギウス星人がどうなったかについては情報がありません。

第八章　朝日のようにさわやかに

おれはふらふらしながら事務所に戻った。外回りは疲れる。営業は疲れる。しかし、営業努力は続けなきゃならん。仕事は待っていてもやって来ない。

でも、おれのやってることは仕事なのかね。「悪」をこの世に広める。それは仕事なのか？　わからん。時々、イヤになるけど。それに、おそろしく割に合わないことだけは確かなんだが。

キリストはどうだ？　やつは、「善」の行商をやった。あれは、仕事っていえるのか？　営業は弟子にさせて、その上がりをかすめ取ってただけじゃないか。あれって、マルチ商法じゃないのか？

おれは事務所のドアを開けようとして、立ちすくんだ。不吉な予感がしたからだ。おれの予感は当たるんだ。不吉な場合に限って。ドアのノブを握る手が震え、目の奥がズキズキ痛んだ。

事務所のドアの鍵はかかっていない。つまり、だれかがこの中にいる。

この前は、開けたら漱石と鷗外がいたっけ。どうして、あんなことで驚いたんだろう。やつらの代わりにガンジーとシェイクスピアがいたって不思議じゃなかったんだ。

宇宙人がいたこともあった。火星人だ。あれにはまいった。冗談が通じないんだ。

あいつらとわかりあえる日は永久に来ないだろう。どうなるかと思ったぜ。しかし、やつらは一掃された。そして、地球と石神井公園に平和が蘇った。おれに関わりのないところで。最近思うんだが、どうもおれに関わりのないところで解決される問題が多いんじゃないだろうか。

おれはなんの役にも立ってないような気がする。噂では、漱石や鷗外は着々と「悪」を広めているみたいだ。おれよりぜんぜん有能だったらしい。

キャットウーマンもなにかに食いこんでいる。妙に機嫌がいいんだ。昨日なんか、思い出し笑いしてたものな。

いったい、おれはなんなんだ。コンマ以下か？

おれは大きく深呼吸すると、思いきってドアを開けた。

男がひとり、おれの机に座っていた。正確にいうと、椅子に座っていたんだが。日本語は難しい。

人間だ。おれは思わずニッコリ微笑んでしまった。なんだ、人間か。楽勝だ。

「はーい」おれはいった。その途端、おれは後悔した。どんな野郎かわからないやつへの第一声としては、ちょっと軽すぎたような気がしたからだ。

「いまの取り消していいかな」

「いいよ」そいつはいった。なんだ、人間でしかもいいやつじゃないか。そう来なくっちゃ。

「そこは、おれの机だ。わかるか、タコ！　ここはおれの名義で借りてるおれの事務所だ。確かに、家賃はボスが払ってるが、おれがここの責任者だ。でもって、それはおれの机なわけ。その汚ねえ尻をどけねえか」

　おれはいいたいことをいってやった。やつは黙って、おれを見つめていた。おれはやつを見つめ返した。おれはなにか微妙なものを感じた。なんだろう？　わからねえ。それがなんであれ微妙なものは苦手なんだ。

　はげ上がりはじめた額、目の下の皺、鼻の穴から白髪が何本か見えている。白目はすっかり濁って、死んだ魚の目みたいだ。耳たぶにも毛が生えている。ひどいご面相だ。車に轢かれた蛙だって、もう少しマシだ。これでどうして自殺しないんだろう。そこまでして生きる必要があるというのか。

　おれはそいつが憐れになってきた。涙が零れそうにさえなった。

「おまえ、ちょっと頭がイカレてんじゃないか？」

ついに、そいつが発言した。

「なんだって?」おれはいった。

「いきなり、おれの事務所に入ってきて、尻が汚ねえとかなんとかいいやがって。おまえ、自分の面をしみじみ眺めたことがあるのか。まるで死んだ魚の目みたいだぞ。車に轢かれた蛙だって、もう少しマシだぜ」

おれは幽霊に会った時みたいにゾッとした。

間違った。おれは幽霊なんか見たってこわくもなんともない。おれの買った本命の馬が出遅れた時みたいにゾッとしたんだ。

「あんた、おれも同じことを考えてたんだ」おれはいった。

「そうかい」

「まったく同じことだぜ」

「それがどうした。とっとと出て行け」

「それはおれのセリフさ」

「おれのだよ」

「おれのだ」

困った。膠着状態だ。おれは助けを求めるべく周りを見た。おれはゾッとした。今日二度目だ。おれは、そいつに鏡を指さした。

は。

鏡の中にはたぶん、おれとそいつが映っていた。もちろん、おれは完璧にそれを鏡と信じたわけじゃない。5%ぐらいは、アルクトゥールス星人の生き残りが仕掛けたホログラムレーザー受像機の可能性があると踏んでいた。でもまあ、どう考えても鏡だな、あれは。

鏡の中を見て、それからおれはそいつを見た。そいつも、鏡を見て、それからおれを見て、また鏡を見た。

「困ったな。あんた、おれそっくりだぜ」おれはいった。

「それをいうなら、あんたがおれにそっくりなんだろ」そいつは答えた。

どうりでゾッとしたわけだ。だれも自分の仕事場で自分に会うとは思わないだろ。

「あんた、だれなんだ?」おれは訊ねた。

「『影の総裁』だよ」そいつは答えた。

「『影の総裁』はおれさ」

「おれだってば」

「これじゃあ、埒があかないねえ。あんた、好きな女優は?」

「ペネロペ・クルス」

「最近、カラオケで歌ってるのは?」

「見ろよ、兄弟」

『明日があるさ』かな」

「じゃあ、キャットウーマンの背中のホクロの数は？」

そいつは、はじめて答えに窮した。そいつの額に皺が寄った。どうやら、おれは的を真ん中から射抜いたようだ。

「わからねえ。いったい、いくつなんだ？」

「そんなこと知るかよ」おれは答えた。「おれだって知らん」

「で、結論は出たのか？」そいつはいった。

「ああ、あんたはどうもおれのようだ」おれはいった。「しかし、おれはおれであることを否定したくない」

「そりゃ、そうだ」

「ものは相談だが。この事務所を明け渡してくれないか」

「ダメ」そいつはぴしゃりといった。

「いいたかないが、あんた、いまどこから来たね」

「ドアからだよ」おれはいった。

「じゃあ、あのドアの向こうの、あんたが出発した事務所に戻るのがスジってもんじゃないか。おれは元々ここにいたんだ。テコでも動かんよ」

いったい、どうすべきなんだ？　おれは頭をひねった。どう考えても、やつのいうことの方に道理がある。仮に、おれがやつの立場だとして、おれの事務所にやつが来て「どけ！」といわれてもどくわけがない。いくらおれの頼みだからって、優先順位ってものがある。

「わかった」おれはいった。

「この場はあんたの顔を立てておこう。おれは出て行く。だが、誤解するんじゃない。あんたはおれでもあるわけだから、おれはおれの顔を立てたわけでもあるんだ。じゃあな」

おれは事務所の外へ出た。

おれが最初に考えたのは、この事件には宇宙人どもが関わっているんじゃないかということだった。やつらは途轍もないパワーを持っている。こういっちゃなんだが、「善」とか「悪」とかいってる場合じゃない。おれがおとなしく引き下がった最大の理由はそれだ。

だって、考えてもみてくれ。宇宙人どもの計画にちょっかいを出して、ちょっとでも怒らせたらさあたいへん。原子にまで分解されて宇宙にばらまかれるかも。ぶるるっ。

おれは石神井銀座をぶらつくことにした。本屋がつぶれてオムレツ屋になっていた。いい徴候だ。

「さて」おれは呟いた。

パチンコ屋へ行くか。それとも、「サンメリー」でコーヒーか。カラオケボックスに行って、中森明菜ヒットメドレーでも歌うか。

「しまった！」おれは呻いた。金を持って来なかった。

おれは財布を事務所の机の引出しにしまっておいたことを思い出した。どうしようもない。

おれはまた事務所の前に立った。

おれはひどく緊張していた。自分の事務所だってのに。いや「自分の」というのは訂正した方がいいかも。「ある意味では自分の」に。

今度は鍵がかかっていた。おれはドアを開けた。

だれもいない。つまり、あいつが。いや、あいつというのはおれなんだが。おれはドカリと椅子に座ると、両足を机の上に投げ出した。突然出現し、突然去って行ったあいつ。あれはいったいなんだ？　宇宙の秘密？　風の又三郎の親戚か？　まっ、いいや。そんなこと、どうだって。

おれは部屋の隅の小さな冷蔵庫から缶ビールを取り出して飲んだ。おまえはなんでも考えすぎるのよ。かあちゃんがよくそういってたっけ。おまえみたいな天才をどう扱っていいかかあちゃんにはわかんないよ。大きくなったら、どんなに偉い人になるんだろうねえ。かあちゃん、おれ、石神井公園の駅の近くの、陽の射さない事務所でショボクレてビールなんか飲んでんだよ。ゴメンな。

だれかがドアをノックした。おれは慌てて立ち上がった。そして、引出しから財布と健康保険証を取り出すとポケットに入れた。準備は完了だ。おれは見かけほどバカじゃない。かあちゃんが思っていたような天才じゃないが、世の中の酸いも甘いも嚙みわけてきた。展開は読めてるんだ。

ドアを開けて、あいつが、というかおれが、いややっぱりあいつっていうんだろう、その男が入ってくる。それでもって、その汚い尻をどけろと脅かしやがる。そうしたら、おれはこういってやろう。

「ドアホ、おまえは行動からなにも学習しないのか。ここは、おれの事務所！　お・れ・の！」

おれは、その瞬間あいつがするはずの表情を想像して、ニンマリした。

「入んな」おれはいった。

箒を持った風采の上がらぬ中年の男が、びくびくしながら入ってきた。藤井貞和だ。おれは肩透かしをくらった気分になった。

「なんだ、あんたか」

「すいません。お邪魔でしたら出直しますが」

「いいんだよ、別に。なにか用？」

「ちょっと、折入ってお話ししたいことが」

「おれにかい」

「はい」

「こりゃまた、どういう風の吹き回しで」

「実はだれに相談していいものかわからなくて」

「で？」

「実は、もうひとりわたしがいるんです」

「はあ？」

おれは大きな口を開けて、藤井貞和を見た。

もう何年も、屋外を掃きつづけているので、藤井貞和はすっかり日焼けしていた。ひどい色素沈着だ。そのうち、きっと皮膚癌になっちまうだろう。いや、道路の傍に一日中いるんだから、どれだけ汚染された空気を吸ってるかわかりゃしない。かかるんなら肺癌かも。

「いや」藤井貞和は狼狽したようにいった。「そんな気がするだけなんですけど」

「そういうやつは多いよ。現代病なんだ」おれはいった。

「しかし、ものすごく鮮明なんです。というか、もうひとりの『わたし』って、生きてるみたいなんですよ」

「みんな、そういうんだよ。で、そのもうひとりのあんたってのはどんな感じのやつなの？」

「なにもかもわたしと同じなんです、それが」

「箒を持って、石神井公園を掃いてるの？」

「ええ、わたしと反対方向から掃いてきてくれるんで、時間が半分ですみます」

「そりゃあ、結構じゃないか」

「でも、変でしょ？」

「変じゃないよ、あんた。藤井さん。現代人はみんな、もうひとりの自分を持ってるんだ。それが健康的じゃないとすると、全員病気ってことになる。わかる？　あんた、自分ひとりが悩んでると思ってるんじゃない？」

「そんなこと思ってませんよ。でも、さっきもいいましたが、ほんとに生きてるみたいなんです。だって、掃除の時間が半分で……」

「それは、あんたがふだんの2倍のスピードで掃除をしたからなんだよ。わかる？　あんたは、心の中に投影した自分と対話をした。それに興奮して、脳内にアドレナリンが大量に発生して、動きが加速したんだよ。よくあるんだ、そういうこと」

「そうかなあ……」

「じゃあ、あんた。聞くけど、母親とセックスしたいと思ったことある？」

「ありませんよ、そんな」

「絶対に？」

「はい」

「これっぽっちも？　想像したことすら？」

「そういわれると……」

「だろ、だろ。じゃあ、幼女を裸にして悪戯してみたいと思ったことは？」

「あるわけないでしょ」

「じゃあだね、あんたの奥さんが宇宙人の光線を浴びて、5歳の女の子になっちゃったとする。あんたは、その外見は幼女で中身は奥さんという女と毎晩、ベッドで寝てる。ある晩、その元奥さんの幼女が、いきなりフェラチオをしてきた。さあ、どうする。ベッドからたたき落とす？」

「まさか」

「止めさせる？」

「はい」

「それでも、止めなかったら？　殴りつける？」

「そんなことしませんよ」

「じゃあ、元奥さんはフェラチオを続けるよ。それでもいいの？　殴って止めさせるか、そのまま続けさせるか。さあ、あんた、殴れるかい？」

「ちょっと、それは……」

「ほらな。あんたは、母親とセックスしたかったり、幼女を弄びたいという気持ちを抑圧してるんだ。『抑圧』だよ。何十年も。それがマグマのように溜まって暴発寸前になってるわけ。それが、もうひとりのあんたの正体だよ」

「ちょっといいですか。いま、わたし独身なんです。だから、その元家内の幼女にフェラチオされる心配はないと思うんですが」

「そうやって、すぐ誤魔化す！　おれがいってるのは、本質的なことなの」

「じゃあ、どうなるんです、これから」

「『抑圧』が解消された時には一緒に消えちまうんだよ、藤井さん」

「ほんとに？」

「ほんと、ほんと」

「じゃあ、どうして、三宝寺池の周りに落ち葉がないのかな。おでん屋に訊いたら、わたしがもう掃いたっていうんですよ。わたしは掃いた覚えなんかないんですがねえ……」

「何度いったらわかるの。あんたが掃いたんだよ」

「しかし……」

「じゃあ、だれが掃いたと思うの？」

「わたしです」

「わかってんじゃないの」

「いや、わたしがいいたいのはですね、そのわたしというのは……」

おれは藤井貞和を事務所の外に押し出した。もういい。おれの役割はここまで！

「すいません、箒を忘れました」

ドアの外から藤井貞和が小さな声でいった。

おれは、ドアを少しだけ開けて、箒を外へ放り投げた。

「ありがと」

おれは、椅子へ深々と腰かけた。なにごとかをなし終えた後の充足感に浸りながら、おれはニヤニヤ笑っていた。

「ただいま」

ドアが開いて、キャットウーマンが帰って来た。弁当を買って来たんだ。午後3時。なんと、陽が落ちる前に昼飯が食えるとは。ツキが回って来たみたい。おれはキャットウーマンを見た。その時だ。

頭の中がスッと冷たくなった。いきなり冷凍庫に頭を突っこんだ時みたいに。いやはや、どうなってんだ？

「はい、あんたの『いろいろ幕の内弁当』」

「ハニー、おれが頼んだの『ノリメンタイコ弁当』だぜ」

「ダーリン、なにいってんのよ。ボケてんじゃないの」

キャットウーマンは、おれのいってることなど無視して、「いろいろ幕の内弁当」をおれの机の上に置いた。

おれはキャットウーマンを見つめた。あらん限りの力をこめて。今度は胸の奥がギュッと痛くなるほど冷たくなった。

「なに見てんの？」

「いや、別に」

世界は完璧じゃない。世界は謎だらけだ。世界はおれに冷たい。世界はおれの邪魔をする。世界はその他もろもろだ。なにかが起こっている。なにが？　わからねえ。おれはだれだ？　確か「影の総裁」だよな。そんな気がするけど。

おれは「いろいろ幕の内弁当」を一口食った。おれの食べたいのは「ノリメンタイコ弁当」なんだ。たぶん。違うかな。

「あら」キャットウーマンが弁当から顔を上げた。

「だれか来たみたい」

だれかがドアをノックしていた。キャットウーマンがドアを開けに行った。今度は腹の底から冷たい突風が吹き上がった。おれは目を閉じた。ちょっと待って、心の準備をするからね。

ドアがゆっくりと開きはじめた。

作者からのお知らせ

序章を書いて渡した後、担当編集者から電話がかかってきた。

「いいですね、すごく」とそいつはいった。

「そうだろ？　おれもそう思うよ」とおれはいった。

「不幸なサラリーマンが主役とは、タカハシさんとしては新機軸じゃないですか。なんか『アンナ・カレーニナ』を想像させますよね」

「うん。トルストイを意識しなかったといったら嘘になるかな」

「いやあ、そこに突然、漱石と鷗外。あれにはまいりましたよ」

「そうかい」

「もちろん、これから先の展開への伏線でしょう？」

「当たり前だろ」

「いや、楽しみだなあ」

「うん、楽しみにしてて」

トルストイか。『アンナ・カレーニナ』ね。おれが読んでるわけないじゃん。それから、漱石と鷗外。なんで、あの二人を出したのかね。おれにもよくわからんよ。伏線だって？　締切りに追われてるおれがそこまで考えて書いてるわけないじゃん。おれを担当しているくせに、おれのことがわかってないんじゃないの？


　第一章を書いて渡した後、また担当編集者から電話がかかってきた。

「唸りましたね」とそいつはいった。そして、丁寧にも電話口で唸ってみせた。「うむむむむ」

「それはそれは」とおれはいった。

「藤井貞和さんがお掃除をしながら日本中を放浪したあげく石神井に現れるとは。いやあ、度肝を抜かれたというかなんというか」

「苦し紛れに書いただけなんだけど」

「えっ？　いま、なんておっしゃったんです？」

「いや、ひとりごと。とにかく、構成に苦労してるんだな、今回は」

「そうでしょう。その苦労はわかります。ただ……」

「『ただ』なに？」

「その……タカハシさんのプランがあまりに壮大なためだと思うんですが、ちょっと、序章と第一章の繋がりが……よくわからなくって」

「うむむむ」今度はおれが唸る番だった。

「あと、タイトルの『ゴヂラ』との繋がりもなんだか……」

「気にすることはない」

「そうですか」

「序章と第一章は底の方で繋がってるんだ。いいか？　その繋がりは物語が進むにつれてわかってくる。そして、最後にその全部が『ゴヂラ』というタイトルと繋がる。そういう小説なんだ」

「ですよね？　いや、わたしもそう思ってたんですよ！」

　担当編集者は疑っているようだった。いい勘だ。編集者をさせておくのはもったいない。競馬の予想でもやればいいんじゃないだろうか。やつは「繋がり」がわからないとおれにいった。実はおれもそうなんだ。なにかものすごいことが起ころうとしている。おれにわかっているのはそれだけだ。いや、間違い。正確にいうなら、なにかものすごいことが起こればいいのに、おれはそう思ってる。それがいったいなんなのか、書いてるおれにもよくわからん。おれがそういうと、たいていのやつは、こういって驚く。

「あんたは自分が書いている小説の中でなにが起こるのかわからないのか？」と。

だから素人は困る。わかっていることを書いてなにが楽しい？

第二章を書いて送った……電話がかかってきた。担当編集者だ。なんだか声が暗いような気がする。気のせいか？

「驚きの連続ですね」

「あっ、そう」

「まったく、すごいです。でも……」

「『でも』なんだ？」

「三章はどうなるんですか？」

「そんなこともわからんのか？」おれはいった。「おまえ、おれの小説ちゃんと読んでないだろ」

「まさか！　ちゃんと読んでますよ。序章が痴漢、一章が警官、ということは暴力、二章がポルノ、ということは、三章はあれですね」

「そうだよ。あれに決まってるじゃないか」

「えっと……死も関係ありますか？」

「当たり前じゃん。痴漢、暴力、ポルノ、とくれば、死が出てこなくてどうする。作家をなめちゃいかん。でも、おれがただ死を出すとは思わんだろ？」

「そうですね。死はありふれてますからね。死の象徴として老人が出てくるとか……」

「当たり！　まあ、編集者としては当然だろうが、なかなかよく読みこんでるじゃないか、おれの小説」

「そりゃ、もう」

おれは急いで電話を切った。とにかく、老人だ。老人を中心に据えて書くことだ。どうやら、それがふつうらしいから。そして、おれは三章を書いたのだった……。

そういうわけだ。そんなこんなでおれはこの小説の続きを書いていった。そしたら、昨日、いつものやつから電話がかかってきた。

「さて」とそいつはいった。「いよいよですね」

「なにが」とおれは訊いた。

「いや……あの、そろそろ最終回なんですが……」

「ええっ！　なんだと！　そろそろ最終回？」

「もしかして、ご存じなかったのですか？」

「まさか。ちょっと驚いてみせただけだよ」

「もちろん、決まってるんですよね、最後は？」

「怒るぞ。おれをだれだと思ってんの？」

「別に心配してるわけじゃないんです。ただ、『ゴヂラ』がまだ……」

「出てくるよ。なにせ、この小説のタイトル、『ゴヂラ』なんだから」

「それを聞いて安心しました。あっ……それから、いまごろになってなんですけど、『ゴヂラ』って、あの火を吹いたり、ビルを踏みつぶしたりする、あの……」

「あれは『ゴジラ』。『ゴヂラ』はその親戚だよ」

「ああ……親戚ですか、親戚ねえ……で、あの……もちろん、出てくるだけじゃなく……」

「そりゃ、出てくるだけじゃないでしょ、ふつう。だから、終章を読むと、この小説のすべてが『ゴヂラ』に繋がってることもわかるわけだよ」

「なるほど」

「まあ、楽しみにしておいて」

「じゃあ、今回の締切りは明後日ですから」

「ああ」

「ぎりぎりで明々後日の午前中」

「ああ」

「あの……ほんとに最後は『ゴヂラ』が……」

「くどい！　なにもかもちゃんと上手く終わるようになってんだよ！」

おれは電話を切った。

以上が現在までに起こったことだ。おれはここまでこの小説を書いてきた。やつはこう思っているにちがいない。おれが行き当たりばったりで書いているのだと。

勘のいいやつめ。確かにおれは行き当たりばったりで書いているのかもしれない。人生がそうであるように。

おれの考えでは、小説は人生に似ている。待てよ、ほんとうは人生が小説に似ているのか。そこには、すじのようなものがある。登場人物たちは生きていて、なにかをしている。時には死んだりもする。事件は起きたり、起こらなかったり。そして、結末のようなものさえある。どちらにせよ、おれたちがどこへ向かっているのか、はっきりいうことができるやつはどこにもいない。

書きはじめた時、おれはなんとか「ゴヂラ」にたどり着きたいと思った。「ゴヂラ」か。「ゴヂラ」ねえ。「ゴヂラ」ってなんだ？　実はおれにもよくわからない。たどり着きたい場所のことを、そう呼んでいるだけなのかもしれない。

じゃあ「ゴヂラ」にたどり着いたらどうなるのかって？　そいつもよくわからない。あらゆる小説家がそう思っているはずだ。あらゆる人間がそう思っているはずだ。どこかにたどり着きたい。だが、そこにたどり着いたとしてどうなるかわからない。そもそも、この道を歩いていくと、どこかへたどり着くことができるのか？

もしかしたら、どの道を歩いていても、なにかがしっくりこないのかもしれない。
やれやれ。
今回の締切りは明後日、ぎりぎりで明々後日の午前中。
おれはほんとに「ゴヂラ」にたどり着けるのか？

第九章　ぬいぐるみ戦争(ウォーズ)

部屋の中はしんと静まりかえっている。

でも、耳を澄ますといろんな音が聞こえてくる。世界はいろんな音で満たされている。

冷蔵庫のモーターのブゥーンという音。

微かに、ほんの小さく、水が流れる音。トイレの排水が壊れているのだ。

ぬいぐるみたちは昨日の晩と同じところにいて、じっと考えこんでいる。ぬいぐるみたちの思考は人間と違い、いつも具体的だ。たとえば、少しずつ抜けてゆく毛、それを元に戻す術はないものか。そんなことを何週間も考え続けているのである。

カーテンの柄はスヌーピーで、チャーリー・ブラウンの話に耳をかたむけているところ。そのカーテンの向こう側には、光が燦々（洒落ではありません）と降り注いでいる。

なにも変わりはない。と思う。

もし、昨日となにも違いがないなら、石神井町の有名野良ニワトリ「ヒヨちゃん」が縄張りを歩きはじめ、もう5ヵ月も石神井町町内を掃除し続けている藤井貞和さんが「サーティワン」石神井公園店の前から本日の分の掃除を開始しようとしているはずだ。

もし、昨日と違いがないなら、鳥海マンション105号室のうのちゃんはとっくに起きて（5時55分起床）、命かけてる巻き髪（もち茶髪）はとっくに仕上がっているはずだ。

そして、もう学校に行かなきゃなんない頃である。

なぜか17歳で高1なのはダブっているからだ。

初対面で「ウノでーす」というとたいていは「神田うのの『うの』？」とか「へぇっ、『うの』ってスペイン語で1だよね」とかいわれるけれど、実は古典に詳しいおとうさんが持統天皇の若い頃の名前「うののさらら」からとったのである。でも、そんなことをいってもしょーがないのでうのちゃんはなにもいわない。

もし、昨日と違いがないなら、ハルミさんは整体師である夫のヒロシさんの朝食を作っている。

もし、昨日と違いがないなら、ヒロシさんはゴハンをいただきながら「ほんとに、ぼくは正大師じゃなくて整体師なのに、どうしてそんなことでからかうのかね、信じられないよ」と憤慨しているはずである。確かに、今日は昨日ではない。

そんなことはいわれなくたってわかっている。どこまでが昨日で、どこからが今日なのか、それだって、時計を見るかテレビをじっと見続けているとわかる。

まあ、ふつうはだれも昨日と今日の違いについてあまり気にしたりはしない。朝、起きた時、「ああ、また一日が始まんのかよお」と思うぐらいである。それとも「ああ、今日はなんだか暑いよなあ」とか。

しかし、この「ああ、また一日が始まんのかよお」にしろ「ああ、今日はなんだか暑いよなあ」にしろ、昨日と今日の連続性を前提にして発せられた溜息ではあるまいか。

昨日の世界がそっくりそのまま保持されつつ一晩が経過し、やがて新しい今日がやって来る。

世界は昨日の世界と同じである。同一製品である。使いまわしたものである。たぶん、一昨日のとも、それからその前日のとも、同じである。

一日たつことによって、少々湿気が増したり、温度が上昇したり、円の対ドルレートが1円20銭低下したりしてはいるが、入れ物というかなんというかそういう意味での世界に基本的な変化はない。

しかし。

窓を開けて、一晩中、外を監視しているならまだしも、警戒を緩めて眠りこけていたはずではないか。どうして、目を覚ましてからの世界が昨日と同じ世界だと断言できるのであろうか。

エラリー・クイーンのミステリーには、まったく同じ建築物を別の場所に作り主人公が眠っている間に運んでしまうというトリックがあった。このトリックは結構愛用されているらしく、最近読んだやつでは、ジョン・ダ……まっいいか。

とにかく、宇宙人だか未来人だかが「世界転換装置」かなんかを使って睡眠中のあなたを「アナザー・ワールド」に運んで放置したまま知らんふりをしているという可能性はないのだろうか。

知らぬはあなたばかりなり。

かもしれない。

だからといって、そんなことを一々気にしてたら生きていられませんという観点だってあるだろう。

さて、知らないうちにあなたが移動して（させられて？）しまったとしよう。

昨日あなたが所属していた世界では（今日）いままさに一発の銃弾がアフガニスタンの12歳の少年の胸を貫通しようとしている。

そして、今日所属させられているこの（あなたが宇宙人かなにかによって連れて来られた）世界の石神井町の隣りの大泉学園の西友の傍のアパートの風呂場では脚を滑らせた老人が頭を激しくうったばかりだ。

こういう場合、脳内出血が起こるのは打撲のためではなく、髄液に浮いている脳から出ている血管が遠心力のせいで千切れてしまうためなのである。

昨日の世界で（正確にいうと、「昨日の世界」の今日である。ややこしいね）少年は死のうとし、今日の世界でも老人は死につつある。

二つの世界が繋がっていようと、別々であろうと、ふたりになんの関係があるのか。はたまた、あなたとなんの関係があるのだろうか。

＊

5月のある朝、連休が終わってすぐのことだった。目を覚ました瞬間、マリリンは容易ならぬ事態が起こっていることに気づいた。もちろん、マリリンはあせった。いや、「チョーあせった」といっても過言ではない。

そのことが終わってしばらくたってから、マリリンは親友のキクチシンキチに、「あん時だけはまいったわ。目の前マックラっていうか」と正直に告白したぐらいだったのだ。

マリリンは枕元の目覚し時計を見た。

7時59分。

その目覚し時計はサラブレッドの形をしていて、時間になると、遠くから馬が駆けてくる足音が聞こえるのである。

こんな具合に。

パカッパカッパカッパカッパカッ（クレッシェンドで）。マリリンはそのパカッパカッ

パカッパカッパカッ（クレッシェンドで）が鳴る1分前に目覚め、スイッチをオフにしようとしている。

マリリンは半分目覚めている。

そして、残りの半分は夢の世界にいる。そこはマリリンの部屋で、マリリンはそこでも眠っている。

ややこしいね。

つまり、マリリンは夢の世界にある自分の部屋の自分のベッドでいま眠りに落ちようとしているのである。

マリリンが夢の世界で眠りに落ちようとする分だけ、マリリンはこちらの世界で目覚めてゆく。

また、その逆に、マリリンがこちらの世界で眠りに落ちてゆくに従って、マリリンは夢の世界のベッドでゆっくりと目覚めはじめる。

その割合は、なぜか一定だ。

ただし、その両方を加えると1より若干多くなる。

つまり、マリリンは現実の世界と夢の世界の両方に同時に存在している時があるわけだが、でもそれは傍から見ていると、なんだか二重写しの写真のような状態なのである。

マリリンはよくそちら側の夢を見る。

なにもかもこちら側とそっくりだ。

そちらには、こちらと同じようにおとうさん（タカハシさん）もおかあさんもいる。親友のキクチシンキチ（もちろんぬいぐるみである）も、他のぬいぐるみたちも、飼い猫の「吾輩」もいる。

いやいや、そればかりかマリリンが住んでいる石神井町全部がそっくりそのまま夢の中に移動して存在している。

マリリンはそのことを深く自覚しているわけではない。タカハシさんもそうだ。

「それでね、昨日すごく雨が降って、傘をさしてても濡れちゃったんだ」

「しかし、きみ、昨日は雨なんか降ってなかったんじゃないかい」とタカハシさん。

「ああ、それは夢の中での話」とマリリン。

「あっそう」

マリリンの夢に出てくる石神井公園には不思議な特徴がある。そこには石神井公園しか出てこないのである。

いや、この言い方は正確ではない。

マリリンは夢を見る。毎晩のように。

そこは必ず石神井公園で、そこ以外の場所は出てこないのである。

マリリンは大切に育てられている。下へも置かぬ持てなしというか。

だからといって、石神井公園を一歩も出たことがないというわけではない。池袋へはしょっちゅう行く。東武百貨店の玩具コーナーは大好きだ。新幹線に乗っておじいちゃん・おばあちゃんのいる神戸へ行った事もある。いやいや、競馬好きのタカハシさんに連れられて香港やイギリスやフランスに行ったことだってある。けれど、池袋や神戸や香港の夢は決して見ないのである。いや、マリリンの見る夢が夢らしくないといって非難しないでいただきたい。

マリリンだって、見たくて見ているわけではない。もしかしたら（フロイト先生のいうように）マリリンは無意識のうちに見たい夢を選択しているのかもしれない。だが、それは心神耗弱しているマリリンが見たものなのだ。法律上、免責される行為なのである（14歳以下でもあることだし）。

さて、わたしはマリリンの夢に出てくる石神井公園（この場合は「全世界」と同じ意味になるのだけれど）は「なにもかもこちら側とそっくりだ」と書いた。

しかし、細部にわたって同じわけではないことだけは付け加えておきたい。

一つは、夢の中の石神井公園ではだれもというか、なにも死なないのである。

夢の中で目覚めると、マリリンは真っ先にマンションを飛び出し、すぐ前の石神井池を眺める。カモやアヒルがみんな揃っているか、そして元気に泳いでいるかどうか点検するためである。

「羽折れ」や「バッテン」や「ふーちゃん」の仲良しグループもいる。親子連れのアヒルもいる。

みんな死んで、マリリンが泣きながら池から拾い上げたり茂みから引っ張りだしたりして（あるいはタカハシさんに頼んで拾い上げたり引っ張りだしてもらったりして）、動物を弔ってくれる慈恵院で火葬してもらったのだ。

池の点検が終わると、マリリンは株木さん家の庭を眺める。株木さん家の庭はとても広いし、だいたい、家主はほとんど帰ってこないので、いつも人影がない。

その広い庭のあちこちでは、猫たちが日向ぼっこをしている。

マリリンがものごころついてから、この公園やマンションや池の近くで死んでいった猫ばかりだ。もちろん、ウメちゃんもいる。

ウメちゃんは大きな白に茶色の斑猫で、瀕死の重傷でうろついているところをタカハシさんが見つけて、酒井獣医科に連れてゆき、元気になって、マナミちゃんにもらわれていったのである。

でも、みぞれの降っていたある日、ウメちゃんは交通事故で死んでしまった。マナミちゃんが朝、ドアを開けると、ウメちゃんの死体があった。ウメちゃんは家まで帰ってきて死んだのだ。

「ウメ、ウメ！」マリリンが叫ぶ。

ウメちゃんは首を少しだけ上げると、薄目を開け、また閉じた。

マリリンはなんだかすごくうれしい。

マリリンがいつも見ている夢の世界の特徴が少しおわかりになったのではないかと思う。そこにいる人々(タカハシさんやタカハシさんの奥さんや谷川俊太郎さんや「影の総裁」さんやその他いろいろ)も、現実のそれとは少し違うのである。

さて。

どうしても、マリリンの夢の世界の最大の特徴について触れないわけにはいかない。

マリリンの夢の中の石神井公園では、現実とは違ってぬいぐるみはしゃべらないのである。

もう一度書こう。

現実の世界では、ぬいぐるみはちゃんとしゃべることができるのに、マリリンの夢の中では、ぬいぐるみはしゃべることができない。ただの物体にすぎないのだ。

わたしはなにか象徴的なことをいっているのではない。

そんな無駄なことに時間を割くほどひまではない。わたしはリアリズム一辺倒なのだから。

ぬいぐるみはしゃべる。

これは事実なのだから仕方ない。

もちろん、だれにでもしゃべりかけるわけではない。ぬいぐるみは厳しく相手を選ぶ。そこにはいろいろな条件があるといわれている。わたしも詳しくは知らない。

ただし、心がピュアでなければならないことは絶対不可欠な条件のようだ。最低限、吉本ばななの作品の主人公ぐらい心がピュアでなければ、ぬいぐるみは口をきいてはくれないのである。

だから、「吾輩」とは年中会話できるタカハシさんですら、まだ生涯に数度しかぬいぐるみと話したことがない。

いや、「数度も」というべきなのか。

マリリンはぬいぐるみとしゃべることができる。タカハシさんの奥さんに至っては13種類あるといわれる「ぬいぐるみ語」のうち4つにまで精通している。

だから、暇な時には来日した「ぬいぐるみ」の通訳の仕事もしているほどである。練馬区でこの通訳の資格を持っているのはタカハシさんの奥さん以外では新井素子しかいないことは有名だ。

正直にいうと、タカハシさんは時々、いやしょっちゅう自分の妻や娘の考えていることがわからなくなる。

それはたぶん、タカハシさんの心がピュアなるものとはほど遠く（しかしなにかの偶然で、ピュアになることはあるようだ。そうでなければ、タカハシさんがぬいぐるみとしゃべれたわけがない)、彼らの気持ちや心を理解できないからなのである。


さあ、場面はもう一度、その日の朝のこと。

マリリンはいつものように目覚めてゆく。

夢の石神井公園から現実の石神井公園へ。時間は7時59分。目覚し時計へ手が伸びる。その時。

マリリンはなにかあるものを感じて、手を止めた。

イヤな感じ。それはとてもイヤな感じのものだった。

マリリンは横に寝ているキクチシンキチをギュっと抱きしめた。

「シンキチ。なんか変だわ」

返事はなかった。

マリリンは腕の中のキクチシンキチを見た。

「シンキチ」マリリンはもう一度、小さく囁いた。

キクチシンキチは死んでいた。そこにあるのはキクチシンキチの抜け殻、しゃべることのできないただのぬいぐるみだった。

マリリンは脅えたように、布団の中からそっと頭をのぞかせて、部屋のあちこちに置いてあるぬいぐるみの様子を窺った。

「ああ」マリリンは叫びそうになるのを懸命に抑えた。

ぬいぐるみたちはみんなひとつ残らず死んでいたのだ。生まれてはじめて感じる底知れぬ恐怖だった。

異変を感じたのはマリリンだけではなかった。


マリリンの家から少し離れた高島平の公団住宅の一室、そう、整体師の夫を持つハルミさんの家のリビングのソファに寝そべっていた「みじめ」の耳がぴくりと動いた。

「みじめ」は人語を解する以外どこといった特徴のない茶虎の猫である。

「『フセイン』……」「みじめ」は隣で寝ている巨大なむく犬のぬいぐるみに向かって呟いた。

「近くでなにかあったな」

「ああ、わかっている」「フセイン」は低く唸りながら答えた。

「みじめ」と「フセイン」は耳を石神井公園の方に向け、なにが起こりつつあるのか探り出そうとしていた。

終章　ゴヂラ

まるで仕事がなかった。どういうわけだ？　小泉、お前のせいなのか？　こんなことなら、会社を——といっても土建屋だが——辞めるんじゃなかった。というか、その前に、警官を辞めるんじゃなかった。

おれ以外の社員は——といったって、全員、土方なんだが——社長の前では、いつもびくびくしていた。気の毒なぐらいだった。社長に見つめられると、それだけでぶるぶる震え出すほどだった。社長といっても30かそこらの青二才だ。ネクタイをしめて、事務所のソファにふんぞり返って、いつもでかい声でひとり言をいっていた。

「つぶれそうなんだよ。景気が悪くってな。ええ？　どうしてこんなちっぽけな会社に十人も必要なんだ？　せいぜい、五人がいいとこじゃないか。十人に給料を払って、それからダンプとレッカー車とユンボとコンプレッサーのローンを払って、社会保険を払って、いくら残ると思ってる？　ゼロ以下だよ。どうすりゃいいんだ？　区役所の役人のゴルフにゃ付き合わなきゃならん。1ホールずつニギリをやる。片手だ。木っ端役人の小遣稼ぎを手伝わなきゃならん。わざとパットをハズして、いやあまいったなとかいわなきゃならん。こんな人生になんの意味がある。イラン人かパキスタン人だったら、手間賃は半分でいい。なのに、どうしてこんな手間賃ばかり高くてやる気のない連中を雇わなきゃならんのだ？　おれは神さまか？」

その日は現場が近かったので、昼には会社に戻っていた。おれたちは黙って下を向いて弁当を食うか、もう食った連中はテレビのNHKのニュースを見るふりをしていた。アナウンサーがなにかしゃべっていた。公共事業はどんどん減っている。ゼネコンは潰れかけている。失業率が5％を超しそうだ。しまった。よりによって、こんな時に。だれか、チャンネルを替えてくれ。おれはまだ食っていた。なにを食っているのか、食ったやつがどこに入るのかまるでわからなかった。ただもうじっと足元ばかり見つめていたので首が痛かった。

「大工が手間賃をあげろといいやがる。左官屋も、タイル屋もだ。おれはケチじゃない。上げられるものならずっと前に上げてる。そんな余裕がどこにある？　おれは朝から晩まで金繰りに走りまわらなきゃならん。手形1枚落とすのに冷や汗のかきどおしだ。なのに、おまえたちときたら、解体した家の電線を燃やして中の銅を売って小遣い稼ぎをしてやがる。知らないと思ってんのか？　誰がそんなことをしていいといった？　11時45分に現場に行ったらもう座って飯を食ってやがる。それで、昼休みが終わるのが1時半、2時50分には休んで、3時40分にならなきゃ働きはじめん。いったい、いつ働いてるんだ？なのに、給料が二日や三日遅れたぐらいで大騒ぎだ。お前たち、恥ってものを知らんのか？」

おれは時計を見た。まだ12時20分だった。ということは、あと40分はこの状態が続くということだ。おれは考えてみた。いろいろと。これからのことを。人生を。人生ってなんだ？　食って働くことか？　そうかもしれん。そうじゃないかもしれん。とにかく、おれにわかっているのは、あと何年もこの状態が続くということだ。何年？　何十年？　おれは目まいがしそうだった。おれは無意識のうちに手を腰に伸ばしていた。なかった。拳銃が。そうだ。おれはもう警官じゃなかったんだ。突然、おれは閃いた。

わかったのだ。なにもかも。

なにが？

い、い、い、

世界の秘密が。

なんだ。そういうことだったのか。

おれは立ち上がって、社長の前まで歩いていった。

「あんた」おれはいった。

「あんた？　あんたって、おれのことか？」

「そうだよ」

その青二才はこわばった表情でおれを見つめていた。なにが起こったのか理解できないようだった。顔は真っ青で、目の下が小刻みに痙攣していた。長い間、じっと下を見て弁当を食っているだけだった社員がはじめて立って近づいてきたのだ。それでも、やつは強がっていった。

「『あんた』だと？　いまなんていった？　おれの聞き違いじゃないだろうな」

おれは黙ってやつの顔を眺めた。それから、机の上をいきなり叩いた。ばん！　やつは慌てて両手で顔を防御した。

「あんたの聞き違いじゃないよ」

それから、おれは一瞬ためらってから、こういった。

「おれは知ってるんだ」

「なにを？」やつはまだ両手を顔の前に持っていったままでいった。「なにを知ってるって？」

おれはだんだんうんざりしてきた。こんなアホにいくら説明してもわかるはずのないことだった。

「決まってるじゃないか。秘密だよ。世界の秘密。おれは知ってるんだ！　この全部がどういうことなのかをな」

おれは後ろを振り返った。他の連中がさっとおれの視線を避けるのがわかった。いままでおれと社長を見ていたのに、素知らぬ顔で弁当とＮＨＫに戻っていた。

「世界——の秘密？」

おれはうなずいた。やつは同じセリフをまったく同じ調子で繰り返した。

「世界——の秘密？」

それ以上長居は無用だった。おれはさっさと部屋を出ていった。弁当が食いかけだったが、そんなことはどうでもよかった。外は明るかった。風が吹いていた。デブとブスの二人組の婦人警官が道端に違法駐車している車に1枚ずつ駐車違反のステッカーを貼っていた。子供が泣きわめいていた。それに腹を立てた若い母親が、ぐいぐい腕を引っ張って歩いていた。

「うるさいなあ。泣くんじゃない！　泣くな！　泣くなってば！　ぶつよ！」

おれは道の真ん中でＵターンすると、もう一度会社の中へ入っていった。中では興奮しきった社長がすごい剣幕でしゃべっていた。やつはおれを見つけると、後ずさりしながら悲鳴をあげた。おれが近づくと、社長はどんどん下がっていき、とうとう、壁際にたどり着いた。

「助けてくれ！　みんな、なにボサッとしてやがる！　この気狂いをなんとかしろ！」

「あんた」おれはいった。「ズボンにシミがついてるよ」

「シミ？　ズボンの？」

「いつもだよ。何年も前からずっとそうだ。あんた、いつもズボンの前が濡れてんだよ。小便に行ったら、ちゃんと雫を切るんだな」

やつの顔ったらなかった。とにかくおれは許せなかった。ズボンの前にシミをつくって平気でいられるやつが。

それから、おれは家へ帰るためにバスに乗った。乗った瞬間、おれは「しまった！」と思った。席がぜんぶ老人ばかりで埋まっていた。信じられん！　みんな60か70か80ぐらいだった。中には、どう見ても105ぐらいにはなってるような老婆もいた。しかも、15、6の小娘が着るような巨大な花柄のど派手なワンピースを着ていた。もしかしたら、ボケてひ孫の服を着てきたんじゃないだろうか。そして、その老婆は、席に座れないでパイプに摑まっていた。おれはその老婆をまじまじと見つめた。どうすればそんな年寄りになれるのか想像もできなかった。腰が直角に曲がっていた。おれは老婆の真似をして腰を曲げてみた。無理だ！　5秒ももたない。

おれは思わずこう叫んだ。

「おい、あんたたち、ひどいじゃないかい。この婆さんを見てみなさいよ。腰なんかこんなに曲がっちゃって、身体が地面と平行になってるじゃないですか。気の毒だと思わないんですかね。人情紙の如しっていうけど、ほんとですよね」

反応なし。いや、おれの言葉に反応しないいんじゃなくて、そもそもなににも反応しないらしかった。全員、前方を見つめて、ただバスが揺れる度に、一緒にぐらぐら揺れてるだけだ。息をしているのかどうかもわからなかった。どいつもこいつも生ける屍という感じだった。おれはだんだん腹が立ってきた。

「ちょっと！　聞きなさいってのに！」

だれかがおれを引っ張った。おれはそっちを見た。だれもいない。また引っ張られた。下みたいだ。下の方から、だれかがおれを引っ張っていた。婆さんだった。

「ご親切に。でもねえ、この方たち、みんな齢をとっていらっしゃるから、あたしはいいんですよ。ホオホオ」

「齢をとってるって、あんたの方が年寄りじゃん」

「でも、あたし、おかげさまで元気に毎日働いてますから、ホオホオホオホオ」

「働いてるって、あんた、なにしてんの？」

老婆は小さい声でなにかいった。小さすぎて聞こえない。

「なに？　よく聞こえないんですけどね」

老婆はまた小さい声でいった。おれはだんだん腰を曲げていった。それしか手がないじゃないか。接近政策だ。

「なんだってぇ！」

　おれは悲鳴をあげた。そんなつもりはなかったのに、声が勝手に出ちまったんだ。

「あんた、身体売ってんのかよ！」

「ホオホオホオホオ」

　バスが停まった。乗客たちがいっせいに下りはじめた。どうやら、みんな目的地は同じのようだった。おれはバス停の名を見た。

「シルバー人材派遣センター前」

　つまり、あのゾンビたちには全員仕事があるというわけだ。たちまちバスの中はガランとなった。老婆とおれしか客はいなかった。老婆はあいかわらずパイプに摑まっていた。そりゃそうだ。あの腰じゃあ、どう考えても椅子に座るのは無理だ。

「ショッピングセンター前」で老婆は下りた。地面と水平のまま老婆が動いていくのを見るのはなかなか楽しかった。老婆がバスを下りたところで、おれは訊ねた。

「もしかして、あんたも秘密を知ってるのか？」

　老婆がなにかいった。下を向いて。腰が曲がってるから仕方ない。だから、よく聞き取れなかった。ドアが閉まった。バスは走り出した。あの婆さんも秘密を知っているのだろうか。その可能性はある。おおいに。ホオホオホオホオ。

　おれは家に戻った。家。こういうのを家っていうのか？　ゴミためじゃないか。そのゴミの山の中から女がゆっくりと起き上がった。

「早いわね」

「ああ」

おれはゴミの中を冷蔵庫に向かって進んでいった。途中で足の裏に鋭い痛みが走った。おれは足の裏を見た。ガラスの破片が突き刺さっていた。おれは用心深く破片を抜いた。油断大敵だ。やっぱり明日から靴をはいたまま家へ上がろう。おれは冷蔵庫の中から缶ビールを取り出し、テレビをつけてから飲んだ。

「ねえ、どうして早かったの？」

おれは女を見た。女は壊れた人形を抱いていた。頭が変になったにちがいない。あるいは、元から変だったのかも。ゴミを大事に抱いてるなんてな。

「会社、辞めたから」

「畜生！」女は叫ぶと、抱いていたゴミをおれの前に突き出した。

「この子のミルク、どうすんのよ！」

おれはそのゴミをじっくり観察した。よく見ると、それは赤ん坊そっくりだった。それも、ひどく醜い赤ん坊に。その赤ん坊そっくりのものの頭には毛がほとんどなかった。そして、黄疸で黄色い顔をしていた。おまけに年中しゃぶっていると思わせたいらしく、指はみんなふやけているように見えた。なるほど、なるほど。そう来たか。

「なんで、ニヤニヤ笑ってんのよ。気持ち悪い」

「お見通しなんだよ、なにもかも」

「なに？　なにいってんの？　お見通しって、どういうことよ」

おれは立ち上がると玄関へ行き、靴をはいて冷蔵庫の方へ歩いていった。おれの経験では、冷蔵庫の周りが特に危険なのだ。おれは缶ビールを出し、ゴミをばりばり踏みつぶしてテレビの前に戻ると、またビールを飲んだ。テレビの前に縦横50センチほどの隙間がある。そこだけはゴミがなかった。女がいつもテレビを見ている場所だからだ。

「ねえ、なにがお見通しなのよ！　どうして、会社を辞めたのよ！　ビールばかり飲んでないで、説明しなさいよ、あほんだら！」

おれは女を無視して缶ビールを飲み続けた。ゴミの中に本が転がっていた。『魔の山』と書いてあった。まのやま？　おれは本を手にとった。昔読んだことがあるような気がした。それから、頁をめくった。なに一つ意味がわからなかった。昔もいまも。おれは本をゴミの中に放り投げた。

「つまりだな」おれはいった。

「おれは世界の秘密を知ってるんだ！　もしかしたら、世界の秘密を知ってるのはおれだけかもしれんのだ！」

女はなにもいわずにおれの顔を見ていた。10分間ぶっ通しで。付き合うようになって、そんなに熱心に見られたのははじめてだった。10分たつと、抱いていた赤ん坊をおれの前に突き出していった。

「これ、なに?」

「ゴミ」おれはいった。

女は電話のところまでいってだれかにかけた。それからなにか話しているようだった。おれはテレビを見ていた。ただ見ていただけじゃない。ただぼんやり見ているだけだから、一生なにも知らずに過ごすんだ。おれは考えながら見ることにしている。この箱の中にはなにが入ってる? 小人か? 小人たちが入っておれのためにあれやこれやしゃべったり歌ったり、人を殺したり、どこかの現場からレポートしたりしてるんじゃないのか?

女が立っておれに受話器を突きつけた。

「あんたの母さんに電話したからね」

おれは受話器をとった。

「ケンイチかい?」

「たぶんな」

「カズコさんから聞いたけど、会社辞めたんだって? あんた、生活どうするつもりなんだい。あのまま警官をやっていたら、恩給もつくし、こんな心配をしないですんだのにねえ。この前のなんだっけ、シンコウなんとかって会社も3週間も研修に行ったけど、10日で辞めたろう？　カズコさん、せめてもう1週間いってくれたら10万は入ったのに、4万にしかならなかったから、AOKIで買ったスーツ代にもならなかったって泣いてたよ。その前は、せっかく居酒屋の店長候補っていうのになれたと思ったら……」

おれはいった。

「悪いけどね。あんたの正体、わかってんだぜ」

「正体……って、なんのことだい」

「いいかい。あんた、おれの母親のふりなんかしてるけど、母親じゃないんだよ。いや、おれには母親なんかいねえんだよ」

「ケンイチ……ケンイチ……ああ、なんてことを……あんなにいい子だったのに……」

「下手な演技は止せ！　あんた、ほんとはだれなんだ？　おれに母親がいると思いこませようとしやがって！　お生憎さまだが、おれは知ってんだ。世界の秘密をな！　だから、おれをだまそうとしたって無理なの！」

その「母親」と称するなにかはまだ喚いていた。おれはかまわずに電話を切った。女がものすごい目でおれを睨んでいた。もちろん、おれも睨みかえした。おれを脅かそうとしても無駄なんだ。

「あんた」

「なんだよ」

「世界の秘密ってなに？」

「知りたいのか？」

女は胸に固くゴミを、いや当人の考えでは赤ん坊を抱きしめながら、考えこんでいるようだった。

「世界の秘密を知りたいわけ？」

おれはもう一度いった。

「後悔しないな？」

女は小さくうなずいた。そこで、おれはいった。

「お前、ハワイへ行きたいっていったよな。新婚旅行に。結局、行かなかったけど」

女は困ったような顔をした。そして、赤ん坊らしいものの顔を見た。それから、おれの顔を見た。それから、また赤ん坊。対処に困るといった風情だった。

「どっちみち行けるわけなかったんだよ。だって、ハワイなんてないんだから。ハワイだけじゃない、グアムなんてのもないわけだ。それから、テレビのクイズ番組に出てくるアメリカとか凱旋門とか万里の長城とかカンガルーがぴょんぴょん跳ねてる砂漠とか、ああいうやつもみんなほんとはないんだよ」

「ない……って、どういうこと……？」

「『ない』といったら『ない』に決まってるだろ！　存在しないんだよ！　ないの！　あ

んなの、テレビや週刊誌を見て、あると思わされてるだけなんだよ！」

　女はなにか考えているようだった。いい徴候だ。

「アメリカがない……」

「ああ」

「じゃあ、ブッシュは？　大統領がいるでしょ」

「いないと思うね、おれの考えじゃ。いると思わされているだけだよ。ブッシュとか、パウエル長官とか、選挙で戦ったゴアとか、ヒラリー夫人とか、フェラチオさせたクリントンとか、なにもかも全部でっちあげさ」

「あの人、黒人のゴルフの人、なんていったっけ……」

「タイガー・ウッズか？　あんなものいるわけないじゃないか！　テレビを見てたってわかる！　見え見えのニセモノじゃないか！　いいか、テレビと新聞と雑誌はみんなグルになってんだよ。いったい、だれがほんとにアメリカに行ったことがある？」

「テツオおじちゃんがこの前、農協の旅行で行ったって聞いたけど」

　おれは女のあまりのアホさかげんにイライラしてきた。

「行ったと思わされてるだけなんだよ。みんなが行ったといってるから自分も行った気になってるだけなんだ。いや、もしかしたら、テツオおじさんなんてほんとはいないのかもしれんな」

「テツオおじちゃんがいない……」

　女はだんだん泣きそうな声になってきた。

「じゃあ、いったいなにがあるのよ！」

「そこなんだ」おれは声をひそめいった。

「そこのところがおれにもはっきりしない。でも、ほんとうに存在してるものがものすごく少ないことはわかってる。まず、道が何本かあることは確かみたいだな。さっき、おれが歩いて確かめたばかりだから。それから、今日のところはサイトウ建設があったし、さっき見たらローソンと自動販売機とレンタルヴィデオのＴＳＵＴＡＹＡがあった。それから」

　気がつくと女はいなくなっていた。おれは缶ビールの残りを飲んだ。そうだ、缶ビールも存在するものの一つだった。おれは顔を上げた。女についてはなんともいえなかった。

　次の日のことだ。

　おれはまだ家で缶ビールを飲んでいた。一本飲み終わると、ゴミの中に放り投げる。また一本飲みおわると、ゴミの中へ。そうこうするうちに、ビールの空き缶はさながらゴミの山の中の独立した山脈の如きものになった。電話が鳴った。ゴミを踏みしめながら歩いていって電話に出た。女だった。女は泣いていた。女はいった。

　父さんと相談した。しばらく実家にいる。子供は元気。冷蔵庫の肉じゃがはレンジで温めれば食べられる。牛乳は品質保持期限が切れているから飲んではいけない。納豆は匂いを嗅いで異臭を発してなかったら食べていい。明日、新聞屋が集金に来るから、米びつの上の引出しの中の財布から出しておくこと。等々。それから、精神科医を紹介されたから行くように。紙を持ってきて書き取って。以上。

電話が切れた。おれは冷蔵庫を開けた。もう缶ビールはなかった。

なんだって？　精神科医？　よせやい。おれは電話のところまで戻っていった。受話器を上げた。女の実家の電話番号を知らないことにおれは気づいた。

次の日のことだ。

おれはバスに乗った。客が十人ぐらい乗っていた。冴えない連中ばかりだった。それにみんな同じような顔つきで同じような恰好をしていた。やることといったら、ただ息を吸って吐く、それ以外にはなにもしたくないという感じだった。七つ目のバス停でおれは下りた。やつらはひとりも下りなかった。きっと、全員が同じバス停で下りるにちがいない。それからおれはあるビルの7階までエレベーターで昇っていった。ドアを開けると待合室だった。待合室は男で一杯だった。男たちはおれが入ると一斉にそっぽを向いた。明らかに顔を見られたくない様子だった。精神を病んだ連中にありがちなことだ。おれは男たちを押し退け無理矢理隙間を作って身体をねじこんだ。おれは顔を上げた。目の前にテレビがあった。画面の中では、男のばかデカいちんぽこを女が嘗めていた。白いワイシャツに蝶ネクタイのいかにも頭が空っぽらしい若い男がおれの前に現れた。そして、アルバムみたいなものを開いた。裸の女の写真だった。

「ただいま、ご案内できるのは、アスカちゃん、レオナちゃん、ウランちゃん、ラムちゃんの四人です。サーヴィスがいい子がよろしければレオナちゃん、素人っぽい子がお好きならウランちゃんがお勧めです。どうしても雑誌に載ってる子ということでしたら、20分お待ちになればアリサちゃんをご案内できます。それとも、他に誰かご指名の女の子はいらっしゃいますか？」

おれは無言で立ち上がると、外へ出て看板を確かめた。精神科医は隣のビルだった。おれは隣のビルの7階へ行きドアを開けた。クラシック音楽が静かに流れていた。待合室はやはり一杯だった。ハンカチを握りしめて泣いている女がいた。しかし、涙は出ていなかった。右手と左手に人形を持って交互に話しかけている老人がいた。リモコンを持ってずっとテレビのチャンネルを変えつづけている禿げのおやじがいた。2、5、7、9。ぜんぶ放送されてないチャンネルばかりだった。おれは安心して座りこんだ。

気がつくと、だれかがおれの肩を叩いていた。

「どうぞ、診察室にお入りください」

いつの間にか、おれは眠っていたらしい。待合室は空っぽだった。おれは診察室のドアを開けた。中に白衣の医者がいた。なにが嬉しいのかニコニコ笑っていた。

「さて」その医者はいった。「お話を聞きましょうか」

「おれがしゃべるのか？」おれはいった。

「そうですよ」

「それで、金を払うのもおれ？」

「まあ、そうですな」

「割に合わんじゃないか」

「ほほお！　あなたは合理性を重んじる方なんですな」

「まあな」

「じゃあ、こういうことです。わたしはあなたの悩みを聞く。そして、その悩みを解決するようアドヴァイスしてさしあげる」

「確かに、悩みはあるよ。でも、あんたじゃ解決できんと思うけど」

「じゃあ、なんで来たんですか？」

「あんたのことを紹介してくれたやつがいたらしい」

「その方はどうしてわたしを紹介しようと思ったんですかね」

「たぶん、おれが知ってる世界の秘密と関係があるんじゃないかな」

「世界の秘密！」

医者は嬉しそうに叫んだ。喜色満面というやつだ。そんなに単純で精神科医が勤まるのかね？

「たいへん興味深い話が聞けそうですな」

「そうだといいが」

「さて、あなたはどうして世界の秘密を知っていると思うんですか？」

「なんだって？」

「ですから、あなたはどうして世界の秘密を知っていると思うんですか、といったんですよ」

「『知ってると思う』んじゃないよ、ただ『知ってる』だけなんだってば。あんた、他人の話をよく聞いてないね」

「おやおや。その件に関して、相当確信を持っていらっしゃるわけですな。わかりました。あなたはなにかを知ってらっしゃるらしい。なんでしたっけ？」

「世界の秘密だよ」

「秘密というからには、通常は知りえないもののようですな」

「知ってるのはおれだけかもしれん」

「ますます興味深いですな。で、その秘密というやつはどんなものなんですか。もしかして、それをしゃべるとあなたの身に危険が及ぶかもしれないとか？　それなら安心してください。わたしはあなたの味方です。どんなことがあってもあなたの秘密を洩らしたりはしませんから」

「世界を支配している謎の巨大秘密組織からの暗殺者がおれを襲うっていうわけ？　あんた、小説の読みすぎだよ」

「失礼しました。で、どんな秘密なんです？」

「昔、ロッテにいたウォーレンはグラブの中にヤスリを隠してボールを削ってたって知ってる？」

「えっ！　それが世界の秘密？」

「まさか！　だれでも知ってるよ」

「わたしは知らなかった」

「笑われるぜ、あんた。野球ファンの常識だよ」

「からかわんでください。まったく、もったいぶった人だなあ。ほんとは秘密なんかないんでしょう？」

「よせやい。じゃあ、いってやるよ。あのな、実は世界なんてないんだよ」

「うむむ……。あなたには悪いが、それは観念論といってですな……」

「ちがうんだよ。おれがいってるのは哲学のことじゃないんだ。ただ単に『ない』っていってるだけだ。正確にいうと、ほんの少しだけはあるんだがね」

「あなたのおっしゃってる意味がいまいちわからんのだが」

「こういうことだ。いいかね。世界ってのは、おれから見えてるところしか存在してないわけなんだよ。新聞とかテレビとか広告のチラシとか、ああいうところに載ってる場所とか事件とかは全部デッチ上げなわけだ。わかるな？　なにもないんだよ。完全な空虚。真空以下」

「じゃあ、あなたが動くとどうなるんです？」

「決まってるだろ。おれが動くに従って、その分だけ少しずつ、世界は広がっていくんだ。おれが50メートル歩く。すると、おれの視界が50メートル広がった分だけ世界も広がるんだ」

医者はひどく興奮していた。興奮しながら手元の紙になにかをすごい勢いで書きこんでいた。

「面白い。非常に面白い考え方だ。いや、失礼。あなたの秘密とやらを疑ってるわけじゃないんですよ」

「まあ、疑われても仕方ないよな。それぐらいわかってるって」

「とにかく、あなたの考え方……すいません、あなたが見つけた世界の秘密というやつでは、要するに、世界は広がっていく……」

「あんた、よく聞いてなかったね。おれが進むと世界はちょっとだけ広がるけど、おれの後ろではその分だけ減っていくんだよ」

「ここもですか？」

「当たり前じゃん」

「ということは……ゲホッ……失礼、ここに来るまで、この部屋はなかったとあなたはおっしゃるわけですな」

「そうだよ」

「わたしは？」

「さっきまで存在してなかったんだよ」

「そうかなあ。ざっと44年は存在していたような気がするんですけど」

「記憶なんて曖昧なもんだからね」

「その考えでいうと、世界の中で実在しているのはあなただけということになりませんかね？」

「いや、そうでもないんだ」

「どういうことです？」

「地下室があって、そこになにかがいるんだ。そいつは……なんというか、ちょっと身体に障害のある市役所の戸籍係って感じなんだね。で、そいつがその地下室でなにをしているかというと、ずっとおれを見張ってるんだよ。わかる？　そいつが世界をコントロールして広げたり、消したり、いろんな偽情報を流したりしてるんだな。だから、正確にいうと、世界の中で実在しているのは、おれとその地下室と地下室に住んでるそいつだけなんだ」

「ふううむむ……」

「どうしたんだい、冷や汗なんかかいちゃって」

「いや、なんとも、あまりにもユニークな説なもので」

「疑ってるの？」

「とんでもない。あなたの説によると、たとえば、あなたが入ってきたあのドアの向こうにはなにも存在してないわけですな」

「いまのところはな」

「あなたがドアに近づいて開けると？」

「地下室のやつがちゃんとドアの向こうに世界を作っておいてくれるわけ」

「やれやれ。あなたの説は証明することも、否定することもできないじゃありませんか」

「証明してほしい？」

「まあ、どちらかというと」

おれは立ち上がるとドアに向かって走った。そして開けた。待合室があった。待合室は空だった。受付の眼鏡をかけた女が変な顔でおれを見ていた。おれは振り返って医者を見た。医者は薄ら笑いを浮かべ、そして肩をすくめた。おれは悄気て診察室に戻ろうとした……ふりをして、素早く非常ドアを開けた。待合室にいた時から場所を確かめておいたのだ。地下室のやつの機先を制するにはそれしかなかった。

そこにはなにもなかった。光も闇もなかった。空間すらなかった。ただ、灰色のみっともない渦巻みたいなものが伸びたり縮んだりしているだけだった。受付の女が一枚の薄い紙のようにふにゃりと折れ曲がりながら地面……というか、下の方に……沈んでいった。もう待合室は半分溶けかかっていた。医者はなにが起こったのかよくわからないようだった。診察室の周りの壁がばたばた外へ向かって倒れていった。その向こうにはやはりなにもなかった。医者は恐怖のあまり叫んだ。

「なんてことを……なんてことを……。あなた、ひどいじゃないか」

そこまでいうと医者もまた一枚の紙のようなものになり、崩れ落ちていった。

おれは地下室の前にいた。ドアがあった。おれはしばらくためらってから、ドアを開けた。なにかがいた。そいつは、どうやら人間ではなかった。恐竜に似ていた。大きな尻尾と鋭く尖った歯が見えた。そいつはひどく腹を立てているように見えた。そいつは……いや、**ゴヂラ**はおれにいった。

「ちょっと、あんた、どういうつもりなんだよ」

「どういうつもりって……」

「なんで、あんなひどいことすんだよ」

「それは……その……秘密を暴きたかっただけで」

「なんだよ！　そんなことのために、なにもかもぶっ壊したっていうの？」

「まずいことしました？」

「もう！　常識ってもんがあるだろ！」

「……すいません……」

「いまさら謝られたってなあ。あんた、取り返しのつかないことしちゃったんだぜ。だいたい、この後どうするか考えてた？」

「いえ、特には……」

「ったく、面倒みきれんよ。で、どうすんの？　このままあんたも地下室にいる？」

「そんな気分じゃないもんで」

「あっ、そう。じゃあ、その段ボールが積んであるとこの横のドアから出てって。ほら、気をつけろって、アホ！　せっかくちゃんと積んだんだから」

おれは慌てて、部屋を出ようとした。ドアのノブに手をかけた。そして、いった。

「ちょっと訊いていいですか？」

「なんだよ」

「世界はどうなってるんですか？」

「あんた、見たろう？　もう、ぐっちゃぐちゃ」

「なにもかも？」

「なにもかも、台無しだよ。木っ端みじん」

「石神井公園も」

「決まってんじゃん」

「元に戻すわけにはいきませんか？」

「絶対無理！　あんたにはわかんないだろうけど、世界を一からやり直すってのは……」

「いえ、あの……石神井公園だけでもいいんですけど」

「石神井公園だけ？」

「ええ」

「それぐらいなら、なんとかなるけど」

「じゃあ、お願いしますよ」

「あのさ、気軽に『お願いします』っていうけど、ほんとたいへんだってわかる？」

「わかります」

「一度だけだよ」

「はい」

「わかった。石神井公園だけ、元に戻しとくから」

「ありがとうございます」

「それで、ちょっと聞きたいんだけど」

「なんでしょう」

「どうして、石神井公園だけ戻してほしいの？」

「なんとなく、好きなもので」

「それだけ？」

「ええ」

「わかった。じゃあ、もう帰っていいよ」

「はい。あの……」

「なんだよ、まだなんか用があるの？」

「わたしは、これからどうしたらいいんでしょう？」

「そんなこと、知るかよ！　用がすんだら、さっさと出てく！　もう二度と来るんじゃないよ！　じゃあ、バイバイ！」


　ドアを開けた。太陽が出ていた。昼間だった。ここはどこだ？　わからん。だが、少なくとも、この世界には石神井公園は存在している。そのことを考えると、おれの心は明るかった。おれはポケットの中を調べた。小銭で300円あった。いや、300円しかなかった。おれは歩きはじめた。とりあえず、缶ビールだ。

石神井、マイ・ラヴ……

著者から読者へ

高橋源一郎

『ゴヂラ』を久しぶりに読み返した。2001年に刊行したので（ウィキペディアにそう書いてあった）、もしかしたら読んだのはそれ以来かも。で、おもしろかった。マジで。びっくりしたのは、読み返す前に、ほとんど内容を覚えていなかったことだ。おれ、認知症が進んでいるのだろうか。まあいい。そんなことはどうでも。

覚えていたのは、詩人の藤井貞和が「石神井」（ところで、この小説では、石神井、石神井公園、石神井町と、3つの「石神井」が登場している。いちばん近い駅が「石神井公園」、住所は「石神井町」だ。そういうわけで、「石神井」に統一して、書いていくつもり）をずっと掃除していることだけだ。どういうわけで、そんなことを書いたのだろう。ついでにいうと、この件に関しては、藤井貞和本人には連絡していない。登場人物には連絡しないようにしている。書いた後で、「ダメ、書かないで」といわれると困るからだ。

谷川俊太郎にも、金正日にも、クリントンにも連絡していない。もちろん、夏目漱石や森鷗外にも。ばれたらどうするって？　知らんがな。

そういうわけで、読んでいるうちに、少しずつ思い出してきた。だが、どうして、こんなことを書いたのかはわからなかった。「ゴヂラ」って、なんだよ。ふざけてんのか、こいつ（＝おれ）。この小説を読んだ人、意味がわかったら、教えてください。

書いた本人も、よく意味がわからないので、新鮮な気分で読めたのは幸いだ。それから、読んでいるうちに、書いた理由がわかった。それくらいはわかる。あんたもわかったろう？　競馬の予想より百万倍も簡単だ。

たぶん、おれは「石神井」が好きだったんだ。だから、「石神井」について書いたのである。いや、おそらく、「石神井」から離れる時が近づいていることに薄々気づいていて、愛する「石神井」のことを書きつけておきたかったにちがいない。

この『ゴヂラ』には、いまはなき「石神井」の黄金時代のすべてが書かれている。失われた「石神井」というパラダイスの記憶……。確かに、「石神井」はまだ存在しているという噂があることは知っている。おれの考えでは、その「石神井」は贋の「石神井」だ。ほんものの「石神井」を知りたければ、この『ゴヂラ』という小説を読めばいい。そんなもの知りたくないって？　あっ、そう。

　この小説を書いた直後、おれは「石神井」を離れた。やはりとんでもないことが起こった。その後、おれは二度結婚し、二度離婚した。順番が違うか。二度離婚し、二度結婚した。関係者の中には、精神病院に入ったやつも、自殺未遂をしたやつも、胃潰瘍で死にかけたやつ（おれ）もいる。その度に、何度、「ああ石神井を出るんじゃなかった」と後悔したことだろう。いわゆる「後悔先に立たず」である。

　とにかく、気がついたら、おれは御年73歳だ。ワオッ！　びっくりするぜ。さっき、トイレに行って鏡を見て来た。すごい老人が映っていた。どうやらおれみたい。

「石神井」に住んでいたときから、予感はあったんだ。きっと1年に1つずつ年をとってゆくに違いないと。

　あんたたちも、あんたたちの「石神井」を大事にすることだ。それがどんなに素晴らしいところなのかは出たときにわかるのである。

　よくいうじゃないか。

「故郷は遠きにありて思うもの」

　違うな。

「山のあなたの空遠く幸い住むと人のいう」

　これも違う？　じゃあ、適当に見つくろっといて。

人として生まれたからには、この『ゴヂラ』という小説を買うべきだ。一冊などとケチなことをいわず、四冊くらい買って、知り合いに配ってみてはどうだろう。その結果、その知り合いから縁を切られるようなことになっても、運命と思うことだ。せっかく買ったのなら、読んでみることもお勧めである。

最後に、この「忘れられた傑作」（笑）を発掘し、講談社文芸文庫版として再生してくれた寺西直裕さんと、解説を書いていただいた清水良典さんに、深い感謝と愛（要らないよね、たぶん）を捧げます。

２０２４年9月15日　ローズSをはずして茫然自失の高橋源一郎

「閃き」を旅する「正義の味方」

解説　清水良典

西武池袋線の石神井公園駅と周辺ののどかな住宅地を限定的な舞台とした連作小説『ゴヂラ』は、高橋源一郎の多くの作品の中で、これまでそれほど語られることがなかったと思う。「正義の味方」事務所を兼業でもつ作家タカハシさんと、ぬいぐるみと話ができる彼の娘マリリン。事務所に押しかけてくる夏目漱石と森鷗外。赤塚不二夫の漫画のキャラクターを思い出させる拳銃をすぐ撃ちまくる警官や、いつも大きな箒で町を掃除している和服の老人（詩人の藤井貞和の名がつけられている）。電話をかけるとすぐに出てくる谷川俊太郎。他にもポルノ&オナニー中毒の男（スズキイチロー）や、カラオケ集団となって漂流する婆さんの一行に加えて、「悪の総裁」と助手のキャットウーマン。さらには地球侵略をたくらむ火星人たち。そしてようやく「終章」には「ゴヂラ」が登場するのだが、結局のところ、石神井町ののどかな牧歌的な日常は揺るがないのである。つまり、

「正義」と「悪」の戦いという大テーマがありそうに見えて、また世界崩壊の危機さえ迫るのだが、結果的にはユルいままの、ほっこりした温和な小世界に終始する。

確かにフットワークのきわめて軽い小説ではあるだろう。だがそう見えて、じつはなかなか重要な、奥の深い小説だよ、ということをこれから書きたい。


本書『ゴヂラ』初版奥付の発行日は二〇〇一年の一二月二〇日、アメリカで同時多発テロが起きて三か月後である。だが、初出はうんと早い。遡ること五年の一九九六年、新潮社のPR誌「波」の一月号から一二月号に連載された（筆者都合により九月号が休載で、連載は全一一回）。連載中の原題は「ゴジラ」である。連載「ゴジラ」が単行本『ゴヂラ』（以下この二種のタイトルをたびたび使い分けるので注意されたい）になるにあたっては大きな改変があった。あとで詳しく述べるが、『ゴヂラ』の巻末には「構成の大胆な変更、強烈な加筆があります」との表記がある。

「ゴジラ」が『ゴヂラ』になるあいだに、著者にとって重要な二冊が出現している。デビュー作『さようなら、ギャングたち』（八二）以来の集大成を目指して、一七年を費やして書かれた『ゴーストバスターズ　冒険小説』（九七）、そして今日まで含めて著者の最高傑作との評価が高い『日本文学盛衰史』（〇一）である。それら代表作の隣に置かれてしまうと、本書の影が薄いのも無理はないかもしれない（もう一冊、同様の立ち位置の著書に九九年刊行の『あ・だ・る・と』がある)。

特に『ゴーストバスターズ』は、「ゴジラ」連載と執筆期間が重なっている点で、関係性がきわめて深い。それは著者が長いあいだ書きあぐねた懸案の長編小説だった。もともと書下ろしを目指して書かれていたのだが、一九九二年五月に「群像」臨時増刊『柄谷行人&高橋源一郎』に、「ゴーストバスターズ　第一部」が掲載された。のちの単行本『ゴーストバスターズ』の「Ⅳ　俳句鉄道の夜」までである(章題が初出では「反歌――奥の細道」となっていた)。本来は一挙掲載の予定だったのに、どうしても書けなかったのである。長期にわたって温めすぎ膨らませすぎたモチーフは、まるでシーシュポスの呪いのように著者にのしかかって苦しめていたにちがいない。この「第一部」発表以後、著者はエッセイや対談やテレビのキャスターなどメディアに盛んに登場しながらも、小説をいっこうに発表しなくなった。いつまでかというと、これが一九九六年の「ゴジラ」連載開始までなのである。つまり「ゴジラ」は、著者にとって「ゴーストバスターズ　第一部」以来の沈黙を破る五年ぶりの小説だったのだ。同時に、「ゴジラ」連載中は「ゴーストバスターズ」の後半が並行して書き進められていたわけである。

「ゴジラ」連載が終わった翌年五月から「日本文学盛衰史」の連載が開始される。そして六月には『ゴーストバスターズ』がようやく後半を付け加えて刊行される。この年について、著者の年譜(若杉美智子編)にはこう書かれている。

一九九七年（平成九年）　四六歳
五月、『群像』に「日本文学盛衰史」（〜二〇〇〇年一一月）の連載を開始。単行本を〇一年に講談社から刊行。六月、執筆に七年近くかかっていた『ゴーストバスターズ』を構想の半分ほどに縮小して完成させ講談社から刊行。これを期に完璧を追求する創作姿勢に区切りをつけ精力的に複数の連載小説に挑む。
（講談社文芸文庫『ゴーストバスターズ　冒険小説』「年譜」、二〇一〇）

「完璧を追求する創作姿勢」から「精力的に複数の連載小説に挑む」ようになる――。「ゴジラ」の連載は、その重大な変化の先駆けとして実践されたことになる。肩の力を抜いて軽いフットワークで、「完璧」など考えずに自由に書き進める創作姿勢が、なるほどこの作品に濃く窺える道理である。

ところが「ゴジラ」は『ゴヂラ』として完成するまでに五年の歳月を費やしている。軽くユルく書かれた小説なのに、そして「完璧を追求する創作姿勢に区切りをつけ」たはずなのに、なぜそれほどの時間がかかってしまったのだろうか。

「ゴジラ」連載は、いってみれば著者にとってリハビリのウォーミングアップであった。あるいは、重苦しくのしかかっていた「ゴーストバスターズ」執筆の息抜きのような作品だった。ゆえに連載終了後も著者から長く放置されていた——、という可能性は否定できない。しかし、前に触れた単行本化に当たっての「構成の大胆な変更、強烈な加筆」を検証してみると、まったく別の風景が見えてくる。

本書成立に至る「変更」の規模は尋常ではない。あらましをまとめてみよう。

序章　「ゴジラ」連載（以下「連載」と略す）第9回
第一章　連載第1回　冒頭とラストに加筆
第二章　連載第2回　元タイトルは「ものみな歌で終わる」　ラストに加筆
第三章　連載第5回
第四章　連載第3回　グラビアアイドル名をはじめとする固有名詞に大幅な変更
第五章　連載第4回　中間部「読みかけのスポーツ新聞を開いた」以降に大幅な改稿
第六章　書下ろし
第七章　連載第10回
第八章　連載最終回
作者からのお知らせ　書下ろし
第九章　連載第7回
終章　書下ろし

前述の通り、休載があったため連載は全部で一一回である。そのなかで連載の第6回と第8回が抜けている。第6回「ゴジラアカデミーへの報告」は削除された。そして第8回「マリリン、ブルー、チョベリブルー」はというと、ほとんどそのまま『ゴーストバスターズ』の「Ⅶ　ペンギン村に陽は落ちて」の中ほどに流用されている。同じく『ゴーストバスターズ』の「Ⅵ　わたしの愛したゴジラ」には、本書の第五章で登場する主要人物の一人「『正義の味方』超人マン」である「タカハシさん」が登場しており、「ゴジラを主人公にした小説を書いている」と紹介されているのだ。さらにそこでタカハシさんが出会った「怪傑主婦仮面」の「ハルミさん」は、本書第九章（連載では第7回）「ぬいぐるみ戦争」のラストに、高島平の公営団地に住む「ハルミさん」として顔を出してもいるのである。

このような「ゴジラ」と『ゴヂラ』と『ゴーストバスターズ』の関係性をどう受け取ればよいだろう。

『ゴジラ』は『ゴヂラ』のたんなる草稿だったのではない。同時進行していた『ゴーストバスターズ』と材料を遣り取りしあい、相互に補完しあいながら、ともに別の作品を名乗りあっていた。さらに、これから書かれる作品の試作の場でもあった。たとえば本書での夏目漱石と森鷗外の登場は、「ゴジラ」連載終了直後に連載が始まった「日本文学盛衰史」のための試行だったといえる。また、ポルノ中毒の男のモチーフは、『あ・だ・る・と』（九八年二月～一一月連載、九九年刊）に受け継がれ、『官能小説家』（〇〇年九月～〇一年六月連載、〇二年刊）へとつながっていく。

『ゴーストバスターズ』以降の「精力的に複数の連載小説に挑む」創作態度の実像が、ここに見えてくる。「複数」の引き出しに分別された異なる小説を器用に書き分けるのではなく、「複数」の作品が地下茎のようにつながりながら、共有性・互換性を有したまま同時並行で書かれているのである。その端緒となったのが「ゴジラ」連載であり、その後の筆者の創作の様々なエッセンスがいっせいに芽吹く原野となっていたのだ。

さて、このような背景から生まれた本書『ゴヂラ』を、改めて検討してみよう。

大幅な修正と加筆が施されたとはいえ、展開のとりとめのなさはそれほど変わりない。新たに書き加えられた「作者からのお知らせ」でも、「ゴジラ」最終回の締め切り直前の作者の「おれ」が、明確なヴィジョンが浮かばないまま「行き当たりばったりで書いている」苦衷を打ち明けている。

だが、少なくとも冒頭と末尾において、本書はストーリーの体裁を整えている。つまり、ある「閃き」が初めに用意され、ラストに至ってそれが解決されるのである。

最初に閃くのは、第一章に登場する警官（ケンイチ）である。

突然閃いたのだ。
この町には、とてつもない秘密がある。そんな気がした。いままでだれも見たことも聞いたこともない、ものすごい秘密が。そして、その鍵を握っているのはゴヂラなのだ。

いきなり彼はこの小説の核心を突いた「閃き」を得る。ただし、それ以上のことはわからないまま、せっかく訪れた閃きは遠ざかってしまう。この現れては消えていく「閃き」が、一見とりとめのない本書を貫いて伏流していく。たとえば第二章で、四六時中ポルノ的空想にとり憑かれている「男」（スズキイチロー）が「なにかがおれの周りで進行している」と気づく。第五章では、「正義の味方」タカハシさんの「おれ」が、読みかけのスポーツ新聞を開きながら「なにかが閃」く。

（略）特別ななにかが隠されているのだ。おれはなにかとてつもない重要なことに近づいているような気がした。

第八章では、「影の総裁」の「おれ」が、彼の頼んだものと違う（もう一人の「おれ」

が頼んだらしい）弁当を買ってきたキャットウーマンを見たとき、「頭の中がスッと冷たく」なり、「なにかが起こっている。なにが？　わからねえ。おれはだれだ？　確か「影の総裁」だよな」と自問自答する。

このように彼らは、世界の「秘密」について、あるいは進行中の恐ろしい「なにか」に気づくのである。自分のアイデンティティも、世界そのものも、危うくなるようないやな予感が「閃く」のだ。しかし誰もがそれ以上進むことができないまま、閃きはむなしく逃げていき、元の空疎な日常に飲み込まれていく。

しかし終章に至って、その「秘密」を慌ただしく回収するのが、あの警官、いや元警官ケンイチである。彼は「世界の秘密」を知る。われわれの世界は何者かによって作られていて、見える範囲以外には世界なんか存在しないという「秘密」である。彼はそれを妻に告げ、連れて行かれた精神科の医師にも告げるのだが、みながそろって精神異常として扱うのでついに強硬手段に及ぶ。不意を突いて診察室のドアを開け、ゴヂラが地下室でせっせと作り上げているフェイクの「世界」の仕掛けを狂わせてしまうのだ。

しかし「世界」は崩壊しない。ゴヂラに叱られた彼は、懇願して石神井公園だけは元通りにしてもらうのである。こうしてこの小説の舞台である石神井公園の日常はつづく――。

このケンイチの「閃き」による第一章冒頭と終章全体は、あとから加筆された部分である。それによって連載では迷走していたこの小説が、ナンセンス・ギャグ的なストーリーの首尾を成り立たせた、ように思える。「正義」と「悪」の戦いや、宇宙人の地球侵略のような、いかにも「テーマ」らしきものを盛り込みながら肩透かしのように何事も起こらない本書のなかで、唯一ドラマチックな決着が語られ、長編小説としての体裁を整えることができた、かのように見える。

とはいえ、ようやく突きとめた世界の「秘密」は、たちまちナンセンス・ギャグのような軽いオチに差し戻されてしまっている。こんな結末はもちろん冗談ですから笑い飛ばせばいいですよ、と告げているかのように。

あの書下ろしの「作者からのお知らせ」で、「おれ」は次のように述懐していた。

「ゴヂラ」ねえ。「ゴヂラ」ってなんだ？　実はおれにもよくわからない。たどり着きたい場所のことを、そう呼んでいるだけなのかもしれない。

じゃあ「ゴヂラ」にたどり着いたらどうなるのかって？　そいつもよくわからない。あらゆる小説家がそう思っているはずだ。あらゆる人間がそう思っているはずだ。どこかにたどり着きたい。だが、そこにたどり着いたとしてどうなるかわからない。（中略）もしかしたら、どの道を歩いていても、なにかがしっくりこないのかもしれない。

ようやくたどり着いた「ゴヂラ」の「秘密」の真相が、この小説の真の目的地だったわけではなく、「なにかがしっくりこない」まま付け足された仮の、あるいはフェイクの到着地点である可能性が、そこではすでに示唆されている。「たどり着いた」「どの道」であろうと、期待された結末というものはどこまでもフェイクでしかないことを、むしろ本書はあからさまにしたかのようだ。

本書のこの、ねじれたストーリーの「決着」には、おそらく校了直前の九月一一日にアメリカで起きた同時多発テロの衝撃が無関係とは思えない。わたしたち同様、恐ろしい破壊と惨禍の映像を平和な石神井公園の自宅のテレビで目撃したであろう著者は、まさに不意の衝撃で世界の仕組みが壊れてしまった「ゴヂラ」と同じ立場になったはずだ。それでもなお平和が続く石神井公園の日常は、もはや元の世界と同じではない空洞に宙吊りになってしまったはずだ。

まさにその事態を、本書は正確に体現しているといってもいい。

本書が同時期の複数の作品と並走しながら追いかけていたもの、いや著者がその後も一貫して追求しつづけているものとは、何だろうか。

それはわれわれの平和な日常を不意に脅かす、名指すことのできない終末的な、決定的な変容への、恐怖と憧憬を伴った「閃き」である。あえて名をつけるとすれば「ゴースト」や「ゴヂラ」とでも呼べるだろう。あるいはプラトンが洞窟の比喩で述べたようなイデアの「影」とも、いっそ「あのこと」とでも、呼ぶよりないものかもしれない。突きとめて明言してしまったとたんに蒙昧な誤謬に、あるいはナンセンスなオチに回収されてしまうような、きわめて繊細な、微かな「閃き」や「予感」の啓示によってのみ初めて人の心に届くかすかなシグナル――。真相や決着やオチにたどり着くことのない、永続的な「閃き」そのもの――。それをこそ著者は同時多発的に複数の作品を並走しながら、ずっと書きつづけていたのではないだろうか。

たとえば『ゴヂラ』から一一年後の小説にも、その「閃き」は受け継がれている。

そうやって、静かに、けれど、確実に、時は進んでいった。不吉な「予感」にかられた人びとがいたはずだった。けれど、彼らになにができたであろう。彼らは、ただ、手をこまねいて、その瞬間を待つしかなかったのだ。

そして、「あのこと」が起こったのである。

（『さよならクリストファー・ロビン』二〇一二）

この作品では、自分が何者かによって書かれている存在なのではないか、という「噂」が有名な物語のキャラクターたちのあいだで広がっていく。それを機に、物語あるいは小説の約束事に安住できた幸福な世界は崩壊してしまう。このような愛しい「近代文学」の終焉を経て、今もなお著者がとり憑かれているものは、「書くこと／書かれること」にまつわる文学の変転の旅の見えない行先、ゴースト／ゴヂラである。

その冒険をつづけることが、高橋源一郎の「正義」なのである。

一九五一年（昭和二六年）
一月一日、高橋徹郎、節子の長男として生まれる。二歳下の弟俊二郎がいる。鉄工所を経営する高橋家は祖父母、親族、使用人が同居する大家族で、家長の祖父を中心とする古風な家庭だった。源一郎誕生の翌年、祖父が亡くなり、父が跡を継ぐ。青年時代は画家志望だった父は芸術家肌で実業家には不向きだった。

一九五九年（昭和三四年）　八歳
鉄工所が倒産。帝塚山の家屋敷を失い、夜逃げ同然で上京する。練馬区立大泉東小学校に転校する。程なく東京を引き払い尾道の母の実家に移り、土堂小学校に転校する。

一九六〇年（昭和三五年）　九歳
再度一家で上京。世田谷区立船橋小学校に転校する。

一九六三年（昭和三八年）　一二歳
四月、麻布中学校に入学する。秋、父の仕事の事情で一家離散。源一郎は尾道の母の実家に預けられる。祖母の意志で大阪に戻り、九月に灘中学校に転校する。

一九六六年（昭和四一年）　一五歳
四月、灘高校に入学する。多才で個性的な友人たちとの出会いが「文学的な開眼」のきっかけとなる。灘中学・高校時代に鮎川信夫らの現代詩に惹かれ、ジャズ、映画、演劇に関心を抱く。八ミリ映画の制作を試み、演劇部で脚本を書き演出をする。政治的な関心も高く自ら組織を作ってデモに参加する。論考「民主主義中の暴力」を生徒会誌『鬼火』に発表する（『文芸』二〇〇六年五月に再録）。

一九六九年（昭和四四年）一八歳
三月、灘高校を卒業。全国の大学で紛争が続き東大入試も中止になった。入学した横浜国立大学もスト中だった。学内闘争に加わり、経済学部に八年在学したが期間満了で除籍される。ラジカルな活動家の一人としてキャンパスに泊まりこみ、街頭デモに参加する。一一月、凶器準備集合罪等で逮捕され、家庭裁判所送りとなる。

一九七〇年（昭和四五年）一九歳
二月に起訴され八月まで東京拘置所に拘置される。この間に重い「失語症」にかかる。

一九七一年（昭和四六年）二〇歳
この年、結婚。

一九七二年（昭和四七年）二一歳
土木作業現場でアルバイトを始める。以後一〇年間肉体労働に従事する。この年、女児誕生。離婚。結婚。

一九七三年（昭和四八年）二二歳
この年、男児誕生。

一九七九年（昭和五四年）二八歳
書くことを再開する。「失語症患者のリハビリテーション」の日々を送る。

一九八〇年（昭和五五年）二九歳
第二四回群像新人文学賞に応募する。予選を通過した応募作「すばらしい日本の戦争」は最終選考（八一年四月）で厳しい批評を受ける。後に手を入れて「ジョン・レノン対火星人」と改題して『野性時代』（八三年一〇月）に発表。八五年に単行本を角川書店から刊行。この年、離婚。

一九八一年（昭和五六年）三〇歳

五月、編集者の勧めで第四回群像新人長篇小説賞に応募。「さようなら、ギャングたち」が優秀作（受賞作なし）となる。選考委員ではないが吉本隆明ならば理解してくれると信じて仮想の読者に想定し、約二ヵ月間執筆に集中した。その吉本が「マスイメージ1―変成論」（『海燕』八二年三月）で絶賛し、高橋は注目される。

一九八二年（昭和五七年）　三一歳

八月、『野性時代』に「小説まで、コーヒーあと一杯」（〜八四年一一月）の連載を開始。肉体労働をやめ執筆に専心、第三作目の小説「虹の彼方に」と向き合う。

一九八四年（昭和五九年）　三三歳

五月、谷川俊太郎、ねじめ正一との鼎談「〈私〉からの脱出」（『現代詩手帖』）。「虹の彼方に」を『海』終刊号に発表、単行本を中央公論社から刊行。六月、吉本隆明との対談「言葉の現在」（『SAGE』）。一一月、栗本慎一郎との対談「言葉の臨界点」（『現代詩手帖』）。一二月、『野性時代』に「大きな栗の木の下で」（〜八五年一二月）の連載を開始。

一九八五年（昭和六〇年）　三四歳

六月、野々村文宏との対談「アイドルする〈い・ま〉」（『現代詩手帖』）。エッセイ・対談をまとめた『ぼくがしまうま語をしゃべった頃』をJICC出版局から刊行。七月、渋谷陽一、山川健一との鼎談「十九歳は輝いていたか」（『早稲田文学』）。九月、「映画のセットのような文学」でイタロ・カルヴィーノについて語る（『ユリイカ』）。一〇月、柄谷行人、渡部直己との鼎談「阪神優勝を『哲学』する」（『朝日ジャーナル』一一八日号）。一一月、『文芸』に「優雅で感傷的な日本野球」（〜八七年一一月）の連載を開始、改稿して、単行本を八八年に河出書房新社から刊行。一二月、越川芳明との対談「アメリカ・

ポストモダンの今―ロバート・クーパー『ユニヴァーサル野球協会』をめぐって」(『スタジオ・ボイス』一二月号・翌年一月号に分載)。この年、結婚。

一九八六年(昭和六一年)三五歳
八月、島田雅彦との対談「物語作者が明かす〝読書栄養学〟」(『朝日ジャーナル』八日号)。この年、雑誌取材と新婚旅行をかねてオーストラリアへ行く(五月)。山川直人監督の映画『ビリィ★ザ★キッドの新しい夜明け』(PARCO製作)の原案・脚本に携わる。

一九八七年(昭和六二年)三六歳
二月、エッセイをまとめた『ジェイムス・ジョイスを読んだ猫』を講談社から刊行。四月、『野性時代』に「新・博物誌」(~九〇年四月)の連載を開始。五月、柳瀬尚紀との対談「フィネガン語を読み解く喜び」(『現代詩手帖』)。九月、浅田彰との対談「新教養主義のススメ」(『マリ・クレール』)。

一九八八年(昭和六三年)三七歳
一月、青野聰、江中直紀、青山南との座談会「外国文学の現在」(『海燕』)。三月、『海燕』の「文芸時評」(~八九年二月)を担当、単行本『文学がこんなにわかっていいかしら』にまとめて、八九年に福武書店から刊行。四月、加藤典洋、竹田青嗣との鼎談「批評は今なぜ、むずかしいか」(『文学界』)。紅野謙介、清水良典との鼎談「アンソロジーの可能性」(『ちくま』)。五月、『優雅で感傷的な日本野球』で第一回三島由紀夫賞を受賞。選考委員の江藤淳が「言葉の魔術師の出現」と高く評価する。八月、蓮實重彥との対談「天使たちへのサイン」(『国文学・解釈と教材の研究』)。金井美恵子との対談「小説をめぐって」(『群像』)。九月、吉本隆明との対談「なぜ太宰治は死なないか」(『新潮』)。この年、松山市が創設した坊っちゃん文学賞(第一回

〜一五回）、すばる文学賞（第一二〜一五回）の選考委員となる。『サンケイスポーツ』の競馬予想コラムを担当。以後、競馬関係の連載が増える。

一九八九年（昭和六四年・平成元年）三八歳

一月、『すばる』に「高橋源一郎の今月のBEST10」（〜一二月）の連載を開始。二月、井上ひさし、島田雅彦との鼎談「そして、明日はどうなるか」（『新潮』臨時増刊）。四月、『SWITCH』に「追憶の一九八九年」（〜九〇年三月）の連載を開始、単行本を九〇年スイッチ・コーポレイション書籍出版部から刊行。六月、『すばる』に「ペンギン村に陽は落ちて」を発表、単行本を集英社から刊行。一〇月、『朝日ジャーナル』に「私の読書日記」（〜一一月）を連載。一一月、『ちくま』に「ぼくの好きな外国の作家たち」（〜九〇年一一月）を連載。一二月、富岡幸一郎のインタビューに応えて「高橋源一郎と『ペンギン村に陽は落ちて』」（『すばる』）。この年、新設された日本ファンタジーノベル大賞の選考委員となる。

一九九〇年（平成二年）三九歳

一月、島田雅彦との対談「小説の解体から再生へ」（『海燕』）。六月、ジョン・バース、志村正雄との鼎談「新しい千年期への知性」（『すばる』）。九月、谷川俊太郎、大岡信との鼎談「いま、詩は」（『国文学・解釈と教材の研究』）。大江健三郎との対談「現代文学への通路」（『新潮』）。一二月、水村美苗との対談「『続明暗』と小説の行為」（『すばる』）。この年、吉本ばなな原作、市川準監督の映画「つぐみ」（松竹製作）に友情出演。小学館漫画賞の選考委員となる。

一九九一年（平成三年）四〇歳

一月、『朝日新聞』の「文芸時評」（〜九二年三月）を担当、単行本にまとめて『文学じゃないかもしれない症候群』を九二年に朝日新聞社から刊行。五月、『日経アドレ』に「燃えて！近代文学トライアル」（～九四年一月）の連載を開始。九月、荻野アンナとの対談「小説の極北をめざして」（『文学界』）。この年、湾岸戦争に際して中上健次らとともに声明「私は、日本国家が戦争に加担することに反対します」を発表（二月）。五月から六月にかけてダービー取材のため英国に行き、作家ジュリアン・バーンズにインタビューする。

一九九二年（平成四年）四一歳

五月、『柄谷行人&高橋源一郎』（『群像』臨時増刊）が刊行される。同誌に「ゴーストバスターズ」の第一部を発表。一挙掲載の予定だったが完成しなかった。一一月、古井由吉、高橋直子との鼎談「競馬場で会おう」（『太陽』）。一二月、伊井直行、吉目木晴彦、笙野頼子、保坂和志との座談会「いま、作家であること」（『群像』）。この年、三島由紀夫賞（第五～八回）の選考委員となる。

一九九三年（平成五年）四二歳

一〇月、『週刊朝日』に「退屈な読書」（～九四年六月）の連載を開始。一一月、CDブック『ぼくの好きな作家たち』を刊行。この年、児童を対象にしたウゴウゴ文学賞の審査員となる。

一九九四年（平成六年）四三歳

一月、「高橋源一郎自身による高橋源一郎スペシャル」（『月刊カドカワ』）が刊行され、自作を解説。この年、群像新人文学賞の選考委員（第三八～四〇回）、朝日新人文学賞選考委員（第六～八回）となる。日本テレビのスポーツ報道番組「スポーツうるぐす」のサブ・キャスターとなる。

一九九五年（平成七年）四四歳

一月、「退屈な読書」（『週刊朝日』）の連載を再開する。四月、古井由吉との対談「表現の日本語」（『群像』）。六月、山田詠美、島田雅彦らと自作の朗読会「VOICE　SASHIMI―カタリ派誕生！」（於渋谷ジァンジァン）を開く。この頃から絵本の翻訳も手がける。

一九九六年（平成八年）　四五歳

一月、金井美恵子、芳川泰久との鼎談「小説の力」（『群像』）。『波』に「ゴヂラ」（～一二月）の連載を開始。大幅に加筆、構成を変更し、単行本を二〇〇一年に新潮社から刊行。

一九九七年（平成九年）　四六歳

五月、『群像』に「日本文学盛衰史」（～二〇〇〇年一一月）の連載を開始、単行本を〇一年に講談社から刊行。六月、執筆に七年近くかかっていた『ゴーストバスターズ』を構想の半分ほどに縮小して完成させ講談社から刊行。これを期に完璧を追求する創作姿勢に区切りをつけ精力的に複数の連載小説に挑む。八月、渡部直己との対談「面談文芸時評'97―『ナイスなもの』の行方」（『文芸』）。一〇月、阿部和重との対談「あたらしいぞ私達は。」（『すばる』）。

一九九八年（平成一〇年）　四七歳

二月、『週刊女性』に初めて現場取材をした小説「あ・だ・る・と」（～一一月）の連載を開始、単行本を九九年に主婦と生活社から刊行。一〇月、すばる文学カフェ（自作朗読会）に島田雅彦と出演。この年、父徹郎が亡くなる（五月）。胃潰瘍による大量出血で血液の四割を失い昏倒、救急病院に搬送される（一一月）。

一九九九年（平成一一年）　四八歳

三月、小森陽一のインタビューに応えて「生きた文学史と漱石」（『小説トリッパー』）。六月、川村湊、成田龍一との鼎談「島尾敏雄の戦争文学を読む」（『小説トリッパー』）。この年、離婚。結婚。

二〇〇〇年（平成一二年）　四九歳

一月、『文学界』に「君が代は千代に八千代に」（〜一二月）の連載を開始、単行本を〇二年に文芸春秋から刊行。三月、すばる文学カフェに室井佑月、奥泉光と出演。七月、柴田元幸、佐藤亜紀、若島正と座談会「R・パワーズは第二のピンチョンか？」（『文学界』）。九月、『明治の文学　第五巻』（筑摩書房）の『二葉亭四迷』の編集・解説を担当。『朝日新聞』に「官能小説家―明治文学偽史」（〜〇一年六月）の連載を開始、単行本を〇二年に朝日新聞社から刊行。この年、NHKテレビ「課外授業ようこそ先輩」に出演、船橋小学校で授業をする。男児誕生。

二〇〇一年（平成一三年）五〇歳

二月、奥泉光との対談「虚構へのセッションから遠く離れて」（『群像』）。八月、穂村弘との対談「明治」（『群像』）。九月、関川夏央、加藤典洋との鼎談「明治百三十四年の座談会」（『新潮』）。この年、千葉大学で後期の非常勤講師として文学の講義を行う。離婚。

二〇〇二年（平成一四年）五一歳

一月、『すばる』に「ミヤザワケンジ全集」（〜〇四年一一月）の連載を開始、『ミヤザワケンジ・グレーテストヒッツ』に改題して単行本を〇五年に集英社から刊行。五月、『メフィスト』に「『名探偵』小林秀雄」。六月、『一億三千万人のための小説教室』（岩波新書）を刊行。『日本文学盛衰史』で第一三回伊藤整文学賞を受賞する。八月、三浦雅士との対談「文学の根拠」（『群像』）。神蔵美子との対談「恋愛体験が小説になるまで」（『中央公論』）。一〇月、『群像』に「メイキングオブ同時多発エロ」（〜〇四年八月）の連載を開始。柴田元幸と対談「90年代以降翻訳文学ベスト30」（『文学界』）。一一月、水村美苗との対談「最初で最後の〈本格小説〉」（『新潮』）。一二月、『小説トリッパー』に「唯物論者の恋」の連載を開始。この年、テレビ撮影のため岳節子と一緒に三三年ぶりに尾道を訪問（五月）。ドナルド・キーン・センターの客員としてコロンビア大学で一ヵ月ほど現代日本文学の講義をする（一〇月）。母が亡くなる（一二月）。

二〇〇三年（平成一五年）　五二歳

四月、古井由吉との対談「文学の成熟曲線」（『新潮』）。五月、「ボルヘスとナボコフの間」（『すばる』）。鶴見俊輔との対談「21世紀の『死霊』」（『群像』）。六月、大塚英志との対談「『歴史』と『ファンタジー』」（『小説トリッパー』）。七月、島田雅彦、井上ひさし、小森陽一との「座談会昭和文学史　昭和から平成へ」（『すばる』）。九月、保坂和志との対談「タイムマシンとしての小説」（『新潮』）。ドゥマゴサロン文学カフェで谷川俊太郎と対談し自作の詩を朗読。一〇月、『現代詩手帖特集版　高橋源一郎』が思潮社から刊行される。三浦雅士、瀬尾育生との鼎談「『豊かさ』の重層性―『吉本隆明全詩集』をめぐって」（『現代詩手帖』）。一二月、矢作俊彦との対談「小説家である運命」（『文学界』）。この年、結婚。

二〇〇四年（平成一六年）　五三歳

二月、『月刊PLAYBOY』に連載した日記を中心にエッセイ集『私生活』を集英社インターナショナルから刊行。六月、古井由吉、島田雅彦との鼎談「罰当たりな文士の懺悔」（『新潮』）。八月、『広告批評』の「特集高橋源一郎と若手作家たち」（『別冊世界』）に「憲法第九条、その前に考えること、その後に考えること」。この年、文芸賞（第四一～四四回）の選考委員となる。男児誕生。

二〇〇五年（平成一七年）　五四歳

一月、山田詠美と対談「『顰蹙』こそ文学」（『群像』）。『文学界』に「ニッポンの小説」（～〇八年八月）の連載を開始、〇六年六月分までをまとめ『ニッポンの小説　百年の孤独』を文芸春秋から〇七年に刊行。二月、池澤夏樹、大塚英志との鼎談「言葉の問題としての憲法九条」(『広告批評』)。初めての漫画論集『読むそばから忘れていっても』を平凡社から刊行。三月、『すばる』に「銀河鉄道の彼方に」(～一一年二月)の連載を開始、単行本を集英社から一三年に刊行。四月、山田詠美、島田雅彦との鼎談「饗甕文学の力」(『群像』)。八月、山田詠美、中原昌也との鼎談「最後の文士」(『群像』)。一二月、山田詠美、車谷長吉との鼎談「微妙に往生際悪いですね」(『群像』)。この年、明治学院大学国際学部教授となる。中原中也賞(第一一回～二八回)の選考委員となる。

二〇〇六年(平成一八年)　五五歳

二月、三並夏との対談「フィクションの発見」(『文芸』)。三月、矢作俊彦との対談「喪失の先にあるもの」(『文学界』)。四月、三浦雅士、豊崎由美との鼎談「書評は『愛』と『闘い』だ!」(『論座』)。五月、「特集高橋源一郎」(『文芸』)が刊行される。同誌に短篇連作「動物の謝肉祭」を開始(～〇九年一一月)、連作の一部に加筆し『「悪」と戦う』を河出書房新社から一〇年に刊行。六月、『週刊現代』に「おじさんは白馬に乗って」(～〇九年七月)の連載を開始、一〇〇回分を単行本にまとめ〇八年に講談社から刊行。七月、『SIGHT』に社会時評「世界の中心でなんか、叫ぶ」の連載を開始。八月、第三回宮沢賢治国際研究大会で「賢治と胎児」を講演。九月、第一六回宮沢賢治賞を受賞する。一一月、保坂和志との対談「小説教室に飽きた人のための小説教室」(『文芸』)。この年、萩原朔太郎賞(第一三回～二二回)、野間文芸賞(第五九回～六九回)の選考委員となる。男児誕生。

二〇〇七年(平成一九年)　五六歳

一月、矢作俊彦、内田樹との鼎談「少年達の一九六九」（『すばる』）。二月、綿矢りさとの対談「21世紀版・日本の『感情教育』」（『文芸』）。四月、佐々木幹郎、伊藤比呂美との鼎談「『私』を超える抒情―中也、そして太宰、賢治」（『現代詩手帖』）。五月、保坂和志との対談「小説教室に飽きた人のための小説教室2」（『文芸』）。切通理作との対談「著者に聞く　高橋源一郎『ニッポンの小説―百年の孤独』」（『中央公論』）。七月、佐藤友哉と対談「文学への責務が残る」（『新潮』）。八月、斎藤美奈子との対談「なぜ、我々は政治を、社会を、日本を批評し続けるのか」（『ＳＩＧＨＴ』）。この年、すばる文学賞（三一回～四三回）の選考委員となる。

二〇〇八年（平成二〇年）　五七歳

二月、田中和生、東浩紀と鼎談「大討論　小説と評論の環境問題」（『新潮』二・三月号に分載）。三月、明治学院大学での講義をもとに「13日間で『名文』を書けるようになる方法」（～〇九年六月）を『小説トリッパー』に連載開始、改稿して単行本を〇九年に朝日新聞出版から刊行。四月、「十一人大座談会　ニッポンの小説はどこへ行くのか」の司会を担当（『文学界』）。瀬戸内寂聴、山田詠美との鼎談「顰蹙の昇華」（『群像』）。山田と共にゲストを迎えて行った鼎談をまとめ『顰蹙文学カフェ』を講談社から刊行。五月、斎藤美奈子との対談「この10年の小説を徹底検証！」（『文芸』）。八月、穂村弘と対談「小説と短歌の未来」（『文学界』）。平野啓一郎と対談「対話　二十一世紀の『人間』を書く」（『新潮』）。一〇月、町田康と対談「『次なる宿屋』を目指して」（『群像』）。第一回ガルシア＝マルケス会議で「日本文学におけるガルシア＝マルケスの影響」と題して講演。一一月、『あとん』に連載した小説に加筆修正を加え、『いつかソウル・トレインに乗る日まで』を集英社から刊行。この年、Ｂｕｎｋａ muraドゥマゴ文学賞（第一八回）、日経中編小説賞の選考委員となる。

二〇〇九年（平成二一年）　五八歳

二月、加藤典洋、関川夏央と鼎談「二十世紀の落とし子たちの文学」（『中央公論』）。柴田元幸との対談「『小説の読み方、書き方、訳し方』入門」（『文芸』）。四月、谷川俊太郎、イッセー尾形、天野祐吉とシンポジウム「意味と無意味の間で」（『広告批評』）。七月、平田オリザとの対談「追い風ゼロのリアル」（『図書』）。内田樹と対談「さよなら自民党。そして、こんにちは自民党⁉」（『SIGHT』）。内田樹との対談は『SIGHT』休刊（一七年三月）まで連載され、『沈む日本を愛せますか？』をロッキング・オンから一〇年に、『どんどん沈む日本をそれでも愛せますか？』をロッキング・オンから一二年に刊行。八月、奥泉光と対談「戦後文学2009」（『群像』）。福岡伸一と対談「科学と文学のあいだ」（『本』）。一〇月、『群像』に「日本文学盛衰史　戦後文学篇」（～一二年六月）の連載を開始、単行本『今夜はひとりぼっちかい？　日本文学盛衰史　戦後文学篇』を講談社から一八年に刊行。

二〇一〇年（平成二二年）　五九歳

一月、「さよならクリストファー・ロビン」（『新潮』）。三月、『小説トリッパー』に「ぼくらの文章教室」（～一一年冬季号）の連載を開始、連載の一部をまとめ『非常時のことば　震災の後で』を朝日新聞出版から一二年に刊行。『新潮』の特集「小説家52人の2009年日記リレー」に寄稿。八月、東浩紀と対談「救済装置としての「小説」の可能性」（『文芸』）。この年、文芸賞（第四七～五〇回）の選考委員となる。

二〇一一年（平成二三年）　六〇歳

一月、「峠の我が家」（『新潮』）。二月、『文学界』の連載「ニッポンの小説」（〇六年九月

〜〇八年八月分）をまとめ『さよなら、ニッポン　ニッポンの小説2』を文芸春秋から刊行。三月、米田夕歌里と対談「私に見える美しいものを小説にしたい」（『青春と読書』）。東日本大震災で感じたことの発信をツイッター（現・X）で行う。ツイッターの一連の投稿や当時発表した文章の一部をまとめ『「あの日」からぼくが考えている「正しさ」について』を河出書房新社から一二年に刊行。四月、「星降る夜に」（『新潮』）。糸井重里と対談「「さよなら」するもの、しないもの」（『文学界』）。『朝日新聞』の「論壇時評」を担当（〜一六年三月）、一五年三月までの時評をまとめ『ぼくらの民主主義なんだぜ』を朝日新聞出版から一五年に、一五年四月から一六年三月までの時評に他の時事エッセイを加え『丘の上のバカ　ぼくらの民主主義なんだぜ2』を朝日新聞出版から一六年に刊行。六月、「お伽草紙」、森村泰昌と対談「震災と言葉」（『新潮』）。八月、「アトム」（『新潮』）。一一月、「恋する原発」（『群像』）、単行本を講談社から刊行。一二月、「ダウンタウンへ繰り出そう」（『新潮』）。内田樹と対談「吉本隆明と江藤淳—最後の「批評家」」（『中央公論』）。『本の時間』に「国民のコトバ」の連載を開始（〜一三年九月）、一三年二月分までをまとめ『国民のコトバ』を毎日新聞社から一三年に刊行。

二〇一二年（平成二四年）　六一歳

一月、インタビュー「『恋する原発』—処女作への回帰と小説家の本能」（『群像』）。二月、「動物の謝肉祭」（〜一三年五月）の連作を再開、今村友紀と対談「3・11以降の「リアル」」（『文芸』）。三月、開沼博と対談「「ポスト3・11」を描く」（『文学界』）。四月、『文学界』に「ニッポンの小説・第三部」（〜一四年九月）の連載を開始、単行本『「あの戦争」から「この戦争」へ　ニッポンの小説

3』にまとめ文芸春秋から一四年に刊行。NHKラジオ第一放送「すっぴん！」金曜日パーソナリティとなる（〜二〇年三月）。六月、「「戦後文学」の果ての果て」（『群像』）。七月、川上弘美と対談「未来の読者へ――「子ども」の小説と「原発」の小説を書いて」（『新潮』）。八月、『さよならクリストファー・ロビン』で第四八回谷崎潤一郎賞を受賞。九月、「ぼくらの文章教室〈番外編〉」（『小説トリッパー』）、「ぼくらの文章教室」連載の『非常時のことば　震災の後で』未収録分と合わせ『ぼくらの文章教室』としてまとめ朝日新聞出版から一三年に刊行。

二〇一三年（平成二五年）　六二歳

三月、『小説トリッパー』に「青少年のためのニッポン文学全集」（〜一四年一二月）の連載を開始。六月、池澤夏樹と対談「死者たちと小説の運命」（『新潮』）。七月、川上弘美と対談「大切なことはすべて夜に起こる」（『すばる』）。同じく川上弘美と対談「哀しさと健康と」（『ユリイカ』）。九月、UCカード会員誌『てんとう虫』に「エウレカ！（我、発見セリ）」の連載を開始（〜二一年七・八月）、一八年三月分までをまとめ『お釈迦さま以外はみんなバカ』を集英社インターナショナルから一八年に刊行。一〇月、角田光代、本谷有希子と鼎談「〈はじめての小説〉ができるまで」（『群像』）。この年、早稲田大学坪内逍遥大賞（第四〜六回）の選考委員となる。

二〇一四年（平成二六年）　六三歳

一月、「同級生」（『すばる』）。三月、小田嶋隆と対談「ポエムに気をつけろ！」（『新潮45』）。六月、「カフカの『変身』」（『新潮』）。七月、「その向こうにあるものは」（『波』）。八月、「ぼくの大好きな詩たちのこと」を編む（『群像』）。一〇月、加藤典洋と対談「沈みかかった船の中で生き抜く方法」（『新潮』)。一二月、「物語は終わらない―瀬戸内寂聴『死に支度』を読む」(『群像』)。
二〇一五年(平成二七年) 六四歳
二月、『文芸』に「一億三千万人のための「論語」教室」(〜一九年二月)の連載を開始、河出書房新社から一九年に刊行。四月、連作「動物の謝肉祭」の一部をまとめ『動物記』を河出書房新社から刊行。『毎日新聞』の「人生相談」を担当。五月、小野正嗣と対談「不自然に惹かれて」(『早稲田文学』)。八月、赤川次郎と対談「僕らが聞いた戦争は「数」でも「情報」でもない」(『すばる』)。九月、瀬戸内寂聴と対談「言葉の危機に抗って」(『群像』)。阿部和重、佐々木敦と座談会「社会と文学―20年と震災後の小説たち」(『小説トリッパー』)。一〇月、「M氏のこと」(『すばる』)。この年、群像新人文学賞(第五八〜六三回)の選考委員となる。
二〇一六年(平成二八年) 六五歳
三月、奥泉光、島田雅彦と鼎談「30年後の世界―作家の想像力」(『群像』)。八月、『すばる』に「ぼくたちはこの国をこんなふうに愛することに決めた」(〜一七年六月)の連載を開始。九月、「丘の上のバカ」(『小説トリッパー』)。一二月、関川夏央と対談「『坊っちゃん』の青春、現代の青春」(『文学界』)。
二〇一七年(平成二九年) 六六歳
二月、伊藤比呂美、町田康と鼎談「虐げられし者たちの調べ」(『文学界』)。五月、『月刊ゆきほたる』(南アルプス子どもの村小中学校の中学生が編集する雑誌)に「本はたいせつなぼくの友だち」(その後「ぼくの大好きな「先生」」、「ゲンちゃんの「ゆびおり」文学館」とタイトルは変遷)連載を開始。七月、『朝日小学生新聞』に「ゆっくりおやすみ、樹の下で」の連載を開始(〜九月)、単行本を朝日新聞出版から一八年に刊行。リレーエッセイ企画「私と大江健三郎」で「オオエ」(『群像』)。この年、野間文芸新人賞(第三九回～)の選考委員となる。

二〇一八年(平成三〇年)　六七歳

一月、「詩の授業」(『すばる』)。四月、『新潮』に「ヒロヒト」(～二二年三月、第一部・完)の連載を開始。六月、平田オリザと対談「文学のことば、演劇のことば」(Webマガジン『考える人』)。八月、尾崎世界観と対談「偽物の小説家」(『文芸』)。九月、平野啓一郎、尾崎真理子と鼎談「大江文学の面白さをとことん語りつくす!」(『群像』)。一一月、「「文藝評論家」小川榮太郎氏の全著作を読んでおれは泣いた」(『新潮』)。平田オリザと対談「滅びゆく文学、しぶとい文学」(『群像』)。一二月、「まともであること」(『波』)。この年、『日本文学盛衰史』を原作とする青年団の演劇(平田オリザ作・演出)が上演された。

二〇一九年(平成三一・令和元年)　六八歳

一月、金子薫と対談「小説世界をつくり出す架空の言葉たち」(『群像』)。戯曲『日本文学盛衰史』(平田オリザ作、原作高橋源一郎)が第二二回鶴屋南北戯曲賞受賞。三月、第七〇回日本放送協会放送文化賞受賞。四月、「ありがと、じゃあね―追悼・橋本治」(『新潮』)。五月、池澤夏樹と対談「なぜ今、天皇を書くのか―戦後の終わりと天皇文学の現在地」(『文芸』)。斎藤美奈子と対談「平成の小説を振り返る」(『すばる』)。六月、『小説トリッパー』に「たのしい知識」の連載を開始。九月、『すばる』に「この素晴らしき世界」(～二三年九月)の連載を開始。「彼は私に人が死ぬということがどういうことであるかを教えてくれた」(『群像』)。講演「江藤淳になりたかった」(『新潮』)。この年、明治学院大学国際学部教授を定年退職し、名誉教授となる。

二〇二〇年（令和二年）　六九歳
一月、「カズイスチカ」（『群像』）。ウェブマガジン『集英社学芸の森』に「読むダイエット」の連載を開始（〜二三年八月）。二月、『毎日新聞』の「人生相談」からセレクトした単行本『誰にも相談できません　みんなのなやみ　ぼくのこたえ』を毎日新聞出版から刊行。続篇の『居場所がないのがつらいです　みんなのなやみ　ぼくのこたえ』を毎日新聞出版から二二年に刊行。三月、伊藤比呂美、尾崎真理子、平野啓一郎とシンポジウム「いま、瀬戸内寂聴の文学に立ち向かう」（『群像』）。四月、NHKラジオ第一放送「高橋源一郎の飛ぶ教室」パーソナリティとなる。番組で読み上げるエッセイをまとめ『高橋源一郎の飛ぶ教室　はじまりのことば』を岩波書店から二一年に刊行。九月、「ダン吉の戦争」（『群像』）。『サンデー毎日』で「これは、アレだな」の連載を開始、『これは、アレだな』を二二年に、『だいたい夫が先に死ぬ　これも、アレだな』を二三年に、『「不適切」ってなんだっけ　これは、アレじゃない』を二四年に、すべて毎日新聞出版から刊行。一〇月、『ホームクラブ』（ミサワホーム広報誌）に「文学のなかの住まい」の連載を開始。この年、三島由紀夫賞（第三三〜三六回）の選考委員となる。

二〇二一年（令和三年）　七〇歳
三月、「競馬場の人」（『群像』）。九月、「読むダイエット」（『新潮』）。一〇月、「オオカミの」（『群像』）。一一月、斎藤真理子と対談「聞書には、闘いのすべてがある─森崎和江・石牟礼道子・藤本和子」（『文芸』）。一二月、穂村弘と対談「「ギャングたち」のゆくえ」（『群像』）。

二〇二二年（令和四年）　七一歳
一月、朝日カルチャーセンター横浜教室でブレイディみかこ（英国在住）とオンライン対談「いま、自由に生きるために」（二月、対談「コロナ禍をこんな本と過ごした」として『アエラ』に掲載）。一二月、ETV特集（NHKEテレ）「子どものために（マジ時々笑）」出演。

二〇二三年（令和五年）七二歳

二月、「また見つかった、なにが、寺山修司が！」（『波』）。「おおぐま座のゼータ」（『一冊の本』）。町屋良平と対談「批評・詩・小説」（『文藝』）。三月、ブレイディみかこと対談「血縁でない「家族」これも一つの希望」（『アエラ』）。一一月、『群像』に「オオカミの」第一回を掲載（二四年二月以降隔月で連載）。一二月、インタビュー集『親鸞万華鏡』（東本願寺出版）に「現代作家が親鸞を読む」収録。「至上の愛の物語」（『一冊の本』）。

二〇二四年（令和六年）七三歳

二月、『新潮』連載の「ヒロヒト」に大幅な加筆修正と再構成を施し『DJヒロヒト』と改題して新潮社から刊行。五月、原武史と対談「『DJヒロヒト』と歴史の再起動」（『新潮』）。橋場弦と対談「デモクラシーの起源から考える」（『公研』）。この年、井上靖記念文化賞（第七回〜）の選考委員となる。

（若杉美智子編／二〇一〇年二月以降編集部編）

著書目録

高橋源一郎

【単行本】

さようなら、ギャングたち　昭57・10　講談社
虹の彼方に　昭59・8　中央公論社
泳ぐ人＊　昭59・11　冬樹社
ジョン・レノン対火星人　昭60・1　角川書店
ぼくがしまうま語をしゃべった頃　昭60・6　ＪＩＣＣ出版局
朝、起きて、君には言うことが何もないなら＊　昭61・8　講談社
ジェイムス・ジョイスを読んだ猫　昭62・2　講談社
優雅で感傷的な日本野球　昭63・3　河出書房新社
文学がこんなにわかっていいかしら　平元・4　福武書店
ペンギン村に陽は落ちて　平元・10　集英社
追憶の一九八九年　平2・4　スイッチ・コーポレイション書籍出版部
惑星P-13の秘密　平2・11　角川書店
競馬探偵の憂鬱な月曜日　平3・11　ミデアム出版社

中吊り小説＊　平3・12　新潮社
文学じゃないかもしれない症候群　平4・8　朝日新聞社
文学王　平5・4　ブロンズ新社
平凡王　平5・6　ブロンズ新社
競馬探偵のいちばん熱い日　平5・10　ミデアム出版社
ぼくの好きな作家たち（CDブック）　平5・11　スペース・イマ
正義の見方　平6・6　徳間書店
網浜直子写真集　ラヴレター＊　平6・12　風雅書房
競馬探偵の逆襲　平7・9　ミデアム出版社
On the turf 1〜3＊　平7・10　ダイヤモンド社
これで日本は大丈夫　平7・12　徳間書店
こんな日本でよかったら　平8・4　朝日新聞社
タカハシさんの生活と意見　平8・6　東京書籍
スポーツうるぐす夢野球＊　平8・6　日本テレビ放送網
競馬漂流記　平8・12　ミデアム出版社
「夢競馬」奮戦記＊　平9・3　日本テレビ放送網
ゴーストバスターズ冒険小説　平9・6　講談社
いざとなりゃ本ぐらい読むわよ　平9・11　朝日新聞社
競馬探偵T氏の事件簿　平10・4　読売新聞社
文学なんかこわくない　平10・10　朝日新聞社
即効ケイバ源一郎の法則　平10・10　青春出版社
あ・だ・る・と　平11・3　主婦と生活社
退屈な読書　平11・4　朝日新聞社
もっとも危険な読書　平13・4　朝日新聞社

日本文学盛衰史 平13・5 講談社
ゴヂラ 平13・12 新潮社
官能小説家 平14・2 朝日新聞社
サヨナラだけが人生だ＊ 平14・3 恒文社21
君が代は千代に八千代に 平14・5 文芸春秋
一億三千万人のための小説教室 平14・6 岩波書店
日本語を生きる＊ 平15・2 岩波書店
現代詩手帖特集版 高橋源一郎＊ 平15・10 思潮社
私生活 平16・2 集英社インターナショナル
性交と恋愛にまつわるいくつかの物語 平17・1 朝日新聞社
読むそばから忘れていっても 平17・2 平凡社
ミヤザワケンジ・グレーテストヒッツ 平17・5 集英社
ニッポンの小説 百年の孤独 平19・1 文芸春秋
饗餮文学カフェ＊ 平20・6 講談社
いつかソウル・トレインに乗る日まで 平20・11 集英社
おじさんは白馬に乗って 平20・11 講談社
大人にはわからない日本文学史 平21・2 岩波書店
柴田さんと高橋さんの「小説の読み方、書き方、訳し方」＊ 平21・3 河出書房新社
ことばの見本帖＊ 平21・7 岩波書店
13日間で「名文」を書けるようになる方法 平21・9 朝日新聞出版
「悪」と戦う 平22・5 河出書房新社
沈む日本を愛せますか？＊ 平22・12 ロッキング・オン

さよなら、ニッポン　ニッポンの小説2　平23・2　文芸春秋
恋する原発　平23・11　講談社
「あの日」からぼくが考えている「正しさ」について　平24・2　河出書房新社
さよならクリストファー・ロビン　平24・4　新潮社
どんどん沈む日本をそれでも愛せますか？＊　平24・6　ロッキング・オン
非常時のことば　震災の後で　平24・8　朝日新聞出版
やっぱりふしぎなキリスト教＊　平24・12　左右社
国民のコトバ　平25・3　毎日新聞社
ぼくらの文章教室　平25・4　朝日新聞出版
吉本隆明がぼくたちに遺したもの＊　平25・5　岩波書店
銀河鉄道の彼方に　平25・6　集英社
一〇一年目の孤独　希望の場所を求めて　平25・12　岩波書店
弱さの思想　たそがれを抱きしめる＊　平26・2　大月書店
還暦からの電脳事始　平26・7　毎日新聞社
「あの戦争」から「この戦争」へ　ニッポンの小説3　平26・12　文芸春秋
デビュー作を書くための超「小説」教室　平27・3　河出書房新社
動物記　平27・4　河出書房新社
ぼくらの民主主義なんだぜ　平27・5　朝日新聞出版
民主主義ってなんだ？＊　平27・9　河出書房新社
丘の上のバカ　ぼくらの民主主義なんだぜ2　平28・11　朝日新聞出版

読んじゃいなよ！　明治学院大学国際学部高橋源一郎ゼミで岩波新書をよむ　平28・11　岩波書店

現代作家アーカイヴ1　自身の創作活動を語る＊　平29・10　東京大学出版会

ぼくたちはこの国をこんなふうに愛することに決めた　平29・12　集英社

お釈迦さま以外はみんなバカ　平30・6　集英社インターナショナル

ゆっくりおやすみ、樹の下で　平30・6　朝日新聞出版

今夜はひとりぼっちかい？　日本文学盛衰史　戦後文学篇　平30・8　講談社

「雑」の思想　世界の複雑さを愛するために＊　平30・11　大月書店

メディアと私たち　別冊NHK100分de名著＊　平30・12　NHK出版

支配の構造　国家とメディア――世論はいかに操られるか＊　令元・7　SBクリエイティブ

答えより問いを探して　17歳の特別教室　令元・8　講談社

一億三千万人のための『論語』教室　令元・10　河出書房新社

誰にも相談できません　みんなのなやみ　ぼくのこたえ　令2・2　毎日新聞出版

「読む」って、どんなこと？　NHK出版　学びのきほん　令2・7　NHK出版

たのしい知識　ぼくらの天皇（憲法）・汝の隣人・コロナの時代　令2・9　朝日新聞出版
弱さの研究　「弱さ」で読み解くコロナの時代＊　令2・11　くんぷる
「ことば」に殺される前に　令3・5　河出書房新社
「あいだ」の思想　セパレーションからリレーションへ＊　令3・6　大月書店
この30年の小説、ぜんぶ　読んでしゃべって社会が見えた＊　令3・12　河出書房新社
これは、アレだな　令4・2　毎日新聞出版
失われたTOKIOを求めて　令4・4　集英社インターナショナル
居場所がないのがつらいです　みんなのなやみ　ぼくのこたえ　令4・7　毎日新聞出版
パンデミックを超えて　別冊NHK100分de名著＊　令4・7　NHK出版
太宰治　斜陽　名もなき「声」の物語　令4・7　NHK出版
ぼくらの戦争なんだぜ　令4・8　朝日新聞出版
高橋源一郎の飛ぶ教室　はじまりのことば　令4・11　岩波書店
だいたい夫が先に死ぬ　これも、アレだな　令5・7　毎日新聞出版
一億三千万人のための『歎異抄』　令5・11　朝日新聞出版
DJヒロヒト　令6・2　新潮社

「不適切」ってなんだっけ　これは、アレじゃない　令6・6　毎日新聞出版
「書く」って、どんなこと？　NHK出版　学びのきほん　令6・9　NHK出版

【翻訳】

ブライト・ライツ、ビッグ・シティ（ジェイ・マキナニー）　昭63・1　新潮社
ロンメル進軍（リチャード・ブローティガン）　平3・11　思潮社
こっちをむいてよ、ピート！（マーカス・フィスター）　平7・12　講談社
あかちゃんカラスはうたったよ（ジョン・ロウ）　平8・2　講談社
ピートとうさんとテイムぼうや（マーカス・フィスター）　平8・9　講談社
アルマジロがアルマジロになったわけ（ジョン・ロウ）　平10・3　講談社
まっくろスマッジ（ジョン・ロウ）　平12・12　講談社
日本文学全集07＊方丈記（鴨長明）　平28・11　河出書房新社

【文庫】

さようなら、ギャングたち（解＝加藤典洋）　平9　文芸文庫
ジョン・レノン対火星人（解＝内田樹）　平16　文芸文庫
優雅で感傷的な日本野球　平18　河出文庫

ゴーストバスターズ　冒険小説（解＝奥泉光）　平22　文芸文庫
小説の読み方、書き方、訳し方＊　平25　河出文庫
「悪」と戦う　平25　河出文庫
恋する原発　平29　河出文庫
銀河鉄道の彼方に（エ＝最果タヒ）　平29　集英社文庫
一〇一年目の孤独　希望の場所を求めて　令2　岩波現代文庫
5と3／4時間目の授業　令4　講談社文庫
ゆっくりおやすみ、樹の下で（解＝穂村弘）　令3　朝日文庫
誰にも相談できません　みんなのなやみ　ぼくのこたえ　令5　毎日文庫
君が代は千代に八千代に（解＝穂村弘）　令5　文芸文庫

原則として編著、再刊本は入れなかった。／＊は共著を示す。／【文庫】は二〇二四年一〇月一日現在新刊書店で入手可能なものに限った。（　）内の解は解説、エは巻末エッセイを示す。

（作成・若杉美智子、編集部）

本書は『ゴヂラ』（新潮社、二〇〇一年十二月）を底本とし、
著者による校閲を経ました。

日本音楽著作権協会（出）許諾第２４０７８９０－４０１号

ゴヂラ

高橋源一郎（たかはしげんいちろう）

2024年11月8日第1刷発行

発行者……………………篠木和久
発行所……………………株式会社 講談社
〒112-8001 東京都文京区音羽2・12・21
電話 編集（03）5395・3513
販売（03）5395・5817
業務（03）5395・3615

デザイン………………水戸部 功
印刷……………………株式会社ＫＰＳプロダクツ
製本……………………株式会社国宝社
本文データ制作……講談社デジタル製作

ISBN978-4-06-537554-9

講談社文芸文庫

島尾敏雄 ― その夏の今は|夢の中での日常	吉本隆明―解／紅野敏郎―案
島尾敏雄 ― はまべのうた|ロング・ロング・アゴウ	川村 湊――解／柘植光彦―案
島田雅彦 ― ミイラになるまで 島田雅彦初期短篇集	青山七恵―解／佐藤康智―年
志村ふくみ ― 一色一生	高橋 巖――人／著者―――年
庄野潤三 ― 夕べの雲	阪田寛夫―解／助川徳是―案
庄野潤三 ― ザボンの花	富岡幸一郎―解／助川徳是―年
庄野潤三 ― 鳥の水浴び	田村 文――解／助川徳是―年
庄野潤三 ― 星に願いを	富岡幸一郎―解／助川徳是―年
庄野潤三 ― 明夫と良二	上坪裕介―解／助川徳是―年
庄野潤三 ― 庭の山の木	中島京子―解／助川徳是―年
庄野潤三 ― 世をへだてて	島田潤一郎―解／助川徳是―年
笙野頼子 ― 幽界森娘異聞	金井美恵子―解／山﨑眞紀子―年
笙野頼子 ― 猫道 単身転々小説集	平田俊子―解／山﨑眞紀子―年
笙野頼子 ― 海獣|呼ぶ植物|夢の死体 初期幻視小説集	菅野昭正―解／山﨑眞紀子―年
白洲正子 ― かくれ里	青柳恵介―人／森 孝―――年
白洲正子 ― 明恵上人	河合隼雄―人／森 孝―――年
白洲正子 ― 十一面観音巡礼	小川光三―人／森 孝―――年
白洲正子 ― お能|老木の花	渡辺 保――人／森 孝―――年
白洲正子 ― 近江山河抄	前 登志夫―人／森 孝―――年
白洲正子 ― 古典の細道	勝又 浩――人／森 孝―――年
白洲正子 ― 能の物語	松本 徹――人／森 孝―――年
白洲正子 ― 心に残る人々	中沢けい―人／森 孝―――年
白洲正子 ― 世阿弥 ―花と幽玄の世界	水原紫苑―人／森 孝―――年
白洲正子 ― 謡曲平家物語	水原紫苑―解／森 孝―――年
白洲正子 ― 西国巡礼	多田富雄―解／森 孝―――年
白洲正子 ― 私の古寺巡礼	高橋睦郎―解／森 孝―――年
白洲正子 ― [ワイド版]古典の細道	勝又 浩――人／森 孝―――年
鈴木大拙訳 ― 天界と地獄 スエデンボルグ著	安藤礼二―解／編集部――年
鈴木大拙 ― スエデンボルグ	安藤礼二―解／編集部――年
曽野綾子 ― 雪あかり 曽野綾子初期作品集	武藤康史―解／武藤康史―年
田岡嶺雲 ― 数奇伝	西田 勝――解／西田 勝――年
高橋源一郎 ― さようなら、ギャングたち	加藤典洋―解／栗坪良樹―年
高橋源一郎 ― ジョン・レノン対火星人	内田 樹――解／栗坪良樹―年
高橋源一郎 ― ゴーストバスターズ 冒険小説	奥泉 光――解／若杉美智子―年

▶解=解説　案=作家案内　人=人と作品　年=年譜を示す。　2024年11月現在

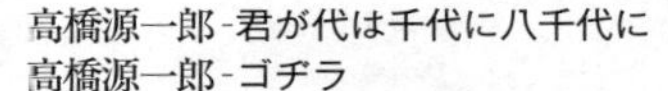

講談社文芸文庫

高橋源一郎－君が代は千代に八千代に　穂村 弘——解／若杉美智子・編集部－年
高橋源一郎－ゴヂラ　清水良典——解／若杉美智子・編集部－年
高橋たか子－人形愛｜秘儀｜甦りの家　富岡幸一郎－解／著者——年
高橋たか子－亡命者　石沢麻依——解／著者——年
高原英理編－深淵と浮遊 現代作家自己ベストセレクション　高原英理——解
高見順——如何なる星の下に　坪内祐三——解／宮内淳子——年
高見順——死の淵より　井坂洋子——解／宮内淳子——年
高見順——わが胸の底のここには　荒川洋治——解／宮内淳子——年
高見沢潤子－兄 小林秀雄との対話 人生について
武田泰淳——蝮のすえ｜「愛」のかたち　川西政明——解／立石 伯——案
武田泰淳——司馬遷—史記の世界　宮内 豊——解／古林 尚——年
武田泰淳——風媒花　山城むつみ－解／編集部——年
竹西寛子——贈答のうた　堀江敏幸——解／著者——年
太宰 治——男性作家が選ぶ太宰治　編集部——年
太宰 治——女性作家が選ぶ太宰治
太宰 治——30代作家が選ぶ太宰治　編集部——年
田中英光——空吹く風｜暗黒天使と小悪魔｜愛と憎しみの傷に 田中英光デカダン作品集 道籏泰三編　道籏泰三——解／道籏泰三——年
谷崎潤一郎－金色の死 谷崎潤一郎大正期短篇集　清水良典——解／千葉俊二——年
種田山頭火－山頭火随筆集　村上 護——解／村上 護——年
田村隆一——腐敗性物質　平出 隆——人／建畠 晢——年
多和田葉子－ゴットハルト鉄道　室井光広——解／谷口幸代——年
多和田葉子－飛魂　沼野充義——解／谷口幸代——年
多和田葉子－かかとを失くして｜三人関係｜文字移植　谷口幸代——解／谷口幸代——年
多和田葉子－変身のためのオピウム｜球形時間　阿部公彦——解／谷口幸代——年
多和田葉子－雲をつかむ話｜ボルドーの義兄　岩川ありさ－解／谷口幸代——年
多和田葉子－ヒナギクのお茶の場合｜海に落とした名前　木村朗子——解／谷口幸代——年
多和田葉子－溶ける街 透ける路　鴻巣友季子－解／谷口幸代——年
近松秋江——黒髪｜別れたる妻に送る手紙　勝又 浩——解／柳沢孝子——案
塚本邦雄——定家百首｜雪月花(抄)　島内景二——解／島内景二——年
塚本邦雄——百句燦燦 現代俳諧頌　橋本 治——解／島内景二——年
塚本邦雄——王朝百首　橋本 治——解／島内景二——年
塚本邦雄——西行百首　島内景二——解／島内景二——年

著者	書名	解説・年譜
塚本邦雄	秀吟百趣	島内景二——解
塚本邦雄	珠玉百歌仙	島内景二——解
塚本邦雄	新撰 小倉百人一首	島内景二——解
塚本邦雄	詞華美術館	島内景二——解
塚本邦雄	百花遊歴	島内景二——解
塚本邦雄	茂吉秀歌『赤光』百首	島内景二——解
塚本邦雄	新古今の惑星群	島内景二——解／島内景二——年
つげ義春	つげ義春日記	松田哲夫——解
辻 邦生	黄金の時刻の滴り	中条省平——解／井上明久——年
津島美知子	回想の太宰治	伊藤比呂美-解／編集部——年
津島佑子	光の領分	川村 湊——解／柳沢孝子——案
津島佑子	寵児	石原千秋——解／与那覇恵子-年
津島佑子	山を走る女	星野智幸——解／与那覇恵子-年
津島佑子	あまりに野蛮な 上・下	堀江敏幸——解／与那覇恵子-年
津島佑子	ヤマネコ・ドーム	安藤礼二——解／与那覇恵子-年
坪内祐三	慶応三年生まれ　七人の旋毛曲り 漱石・外骨・熊楠・露伴・子規・紅葉・緑雨とその時代	森山裕之——解／佐久間文子-年
坪内祐三	『別れる理由』が気になって	小島信夫——解
鶴見俊輔	埴谷雄高	加藤典洋——解／編集部——年
鶴見俊輔	ドグラ・マグラの世界｜夢野久作 迷宮の住人	安藤礼二——解
寺田寅彦	寺田寅彦セレクション Ⅰ 千葉俊二・細川光洋選	千葉俊二——解／永橋禎子——年
寺田寅彦	寺田寅彦セレクション Ⅱ 千葉俊二・細川光洋選	細川光洋——解
寺山修司	私という謎 寺山修司エッセイ選	川本三郎——解／白石 征——年
寺山修司	戦後詩 ユリシーズの不在	小嵐九八郎-解
十返肇	「文壇」の崩壊 坪内祐三編	坪内祐三——解／編集部——年
徳田球一 志賀義雄	獄中十八年	鳥羽耕史——解
徳田秋声	あらくれ	大杉重男——解／松本 徹——年
徳田秋声	黴｜爛	宗像和重——解／松本 徹——年
富岡幸一郎	使徒的人間 —カール・バルト—	佐藤 優——解／著者——年
富岡多恵子	表現の風景	秋山 駿——解／木谷喜美枝-案
富岡多恵子編	大阪文学名作選	富岡多恵子-解
土門拳	風貌｜私の美学 土門拳エッセイ選 酒井忠康編	酒井忠康——解／酒井忠康——年
永井荷風	日和下駄 一名 東京散策記	川本三郎——解／竹盛天雄——年

講談社文芸文庫

講談社文芸文庫

蓮實重彥——夏目漱石論　松浦理英子–解／著者——年
蓮實重彥——「私小説」を読む　小野正嗣——解／著者——年
蓮實重彥——凡庸な芸術家の肖像 上 マクシム・デュ・カン論
蓮實重彥——凡庸な芸術家の肖像 下 マクシム・デュ・カン論　工藤庸子——解
蓮實重彥——物語批判序説　磯﨑憲一郎–解
蓮實重彥——フーコー・ドゥルーズ・デリダ　郷原佳以——解
花田清輝——復興期の精神　池内 紀——解／日高昭二——年
埴谷雄高——死霊 I II III　鶴見俊輔——解／立石 伯——年
埴谷雄高——埴谷雄高政治論集 埴谷雄高評論選書1 立石伯編
埴谷雄高——酒と戦後派 人物随想集
濱田庄司——無盡蔵　水尾比呂志–解／水尾比呂志–年
林 京子——祭りの場|ギヤマン ビードロ　川西政明——解／金井景子——案
林 京子——長い時間をかけた人間の経験　川西政明——解／金井景子——年
林 京子——やすらかに今はねむり給え|道　青来有一——解／金井景子——年
林 京子——谷間|再びルイへ。　黒古一夫——解／金井景子——年
林 芙美子——晩菊|水仙|白鷺　中沢けい——解／熊坂敦子——案
林原耕三——漱石山房の人々　山崎光夫——解
原 民喜——原民喜戦後全小説　関川夏央——解／島田昭男——年
東山魁夷——泉に聴く　桑原住雄——人／編集部——年
日夏耿之介-ワイルド全詩（翻訳）　井村君江——解／井村君江——年
日夏耿之介-唐山感情集　南條竹則——解
日野啓三——ベトナム報道　著者——年
日野啓三——天窓のあるガレージ　鈴村和成——解／著者——年
平出 隆——葉書でドナルド・エヴァンズに　三松幸雄——解／著者——年
平沢計七——一人と千三百人|二人の中尉 平沢計七先駆作品集　大和田 茂——解／大和田 茂——年
深沢七郎——笛吹川　町田 康——解／山本幸正——年
福田恆存——芥川龍之介と太宰治　浜崎洋介——解／齋藤秀昭——年
福永武彦——死の島 上・下　富岡幸一郎–解／曾根博義——年
藤枝静男——悲しいだけ|欣求浄土　川西政明——解／保昌正夫——案
藤枝静男——田紳有楽|空気頭　川西政明——解／勝又 浩——案
藤枝静男——藤枝静男随筆集　堀江敏幸——解／津久井 隆——年
藤枝静男——愛国者たち　清水良典——解／津久井 隆——年
藤澤清造——狼の吐息|愛憎一念 藤澤清造 負の小説集 西村賢太編・校訂　西村賢太——解／西村賢太——年
藤澤清造——根津権現前より 藤澤清造随筆集 西村賢太編　六角精児——解／西村賢太——年

講談社文芸文庫

講談社文芸文庫 

高橋源一郎
ゴヂラ
解説＝清水良典　年譜＝若杉美智子、編集部

なぜか石神井公園で同時多発的に異変が起きる。ここにいる「おれ」たちは奇妙なものに振り回される。そして、ついに世界の秘密を知っていることに気づくのだ！

978-4-06-537554-9
たN6

古井由吉
小説家の帰還
古井由吉対談集
解説＝鵜飼哲夫　年譜＝著者、編集部

長篇『楽天記』刊行と踵を接するように行われた、文芸評論家、詩人、解剖学者、小説家を相手に時に軽やかで時に重厚、多面的な語りが繰り広げられる対話六篇。

978-4-06-537248-7
ふA16